私運転日記　大崎清夏

twililight

目次

私運転日記

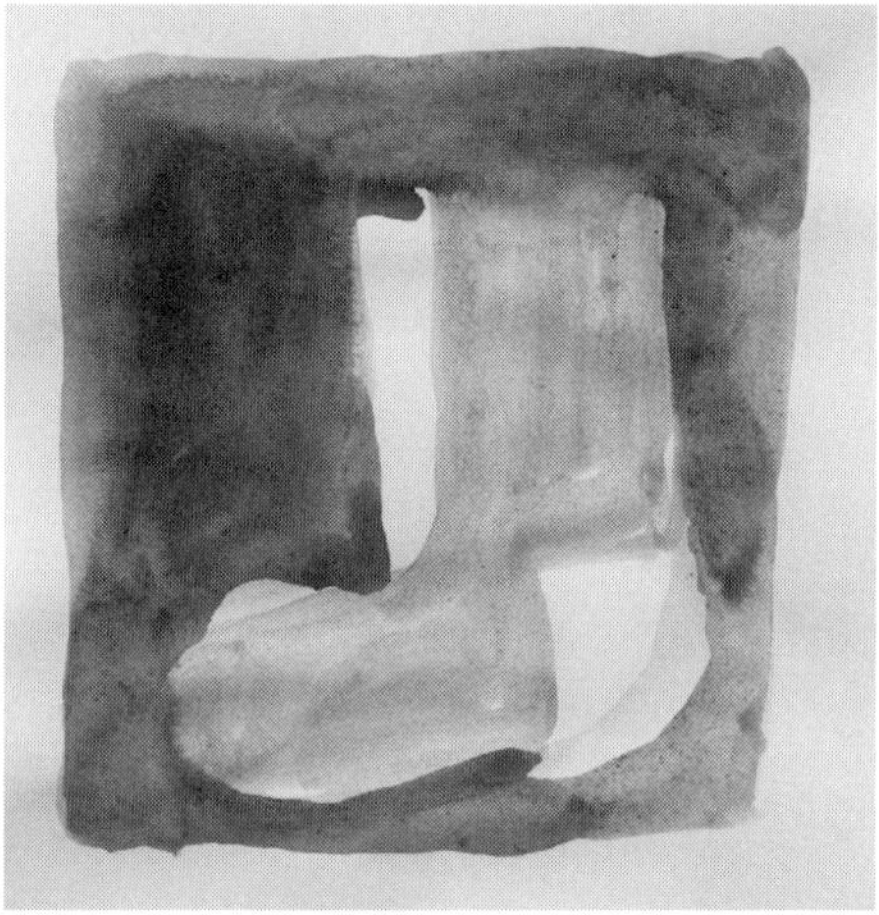

ある冬

一六年ぶりのひとり暮らしだった。大学二年の冬から続いたひとまわり歳上のパートナーとの共同生活を、終わりにすると決めたのは私だった。彼は何も言わずに私を送りだし、送りだしたあとも見守ってくれた。

ともに暮らしていた頃、朝晩の食事を作るのはいつも彼だった。アルバイトしていたフランス料理店で料理の基礎を学んだという彼の作るものは、どれもこれもいつもほんとうにおいしかった。味噌汁の出汁ひとつ満足にとれなかった私は、心の底からおいしいおいしいと言ってそのごはんをありがたく食べながらも、自分の手で身体の栄養になるものを日常的にうみだせない状態にコンプレックスを抱き続けていた。それはいつしか、しっかり自立できた感覚を得ないまま彼との共同生活に突入してしまった自分の、ひとりのおとなとしての満足感の欠如に繋がっていった。

「食べるほうは大変だ」と彼はよく言っていた。何言ってるんだ、こんなにおいしいものを日々食べるのが大変なんてことあるわけないじゃないかと私はよく思ったし伝えたけれど、彼の言葉がけっきょくは、どんなに握り潰しても何度も何度も芽生えてくる私の密かな不服を言いあてていたことが、いまならわかる。

　ふたりで五つの部屋に暮らした。神楽坂、西荻窪、初台、鵠沼《くげぬま》、鵠沼。そして私は、そのどれでもない街で、彼に教わった日々のごはんのレシピノートを握りしめて、人間ひとりと猫一匹が住むための部屋を借りた。

「別居」ではなくちゃんとお別れしようと合意して、別々の部屋で暮らし始めてからも、彼と私はパンデミックの間ひんぱんに互いの部屋を行き来して一緒に食事をとったし（そうして引き続き彼の料理を食べられることは嬉しいことだった）、山にもよく一緒に登ったし、私が仕事で二日以上部屋を空ければ彼は留守中の猫の様子を見にきてくれた。猫に何かあったときのために、あるいは私に何かあったときのために、私の部屋の合鍵を彼はずっと持っていた。私たちは会うたびに、一六年かけて作りあげた、この世界でたったふたりしか理解することのできない言語を話した。こんなふうに甘えていてはいつまでも先に進めないと、どこかでうっすら理解しつつも、行き来をやめる理由を見いだせずにいた。それに、定期的にその言語で話す機会をもつことは、私をさまざまな不調からとてもよく守ってくれた。

　けれどもあるとき、私は旅先でぱちんと出会ったひとと急速にひかれあった（そのことはこの日記にはあまり出てこない）。私は私の倫理と希望に照らして、新しい関係を大切に育ててみなければならなかった。その先に何が待ち受けているのかなんて想像もつかなかったけれど、合鍵は返してもらわねばならなかった。

　そのようにして、私のほんとうにひとりのひとり暮らしは始まった。私は私の見た風景を書き留める日記を、改めてつけることにした。待ち受けていたことのいくつかは、この日記にも、出てくる。

春と夏

2023年1月4日

新しい年が、しれっと始まってしまった。どこにも出かけずに部屋で年越しをした。そのかわり、去年の最後の週にご近所仲間のSちゃんが何人かの友を募って南伊豆ドライブ旅行に連れ出してくれた、その思い出を正月の肴にしていた。

ふしぎな旅だった。ぐうるぐうるとらせん状に降りていく天城越えの車道を、私は中学の研修旅行で何度か通ったことがあった。それは身体が憶えていた。滝をみてお団子を食べ、温泉に浸かって、地魚の刺身とクラフトビールで乾杯した。とても普通の、王道の温泉旅行で、それがよかった。普通じゃなかったのは、その新しい宿を切り盛りしているのが、Sちゃんの知りあいだということだった。大きな座卓をみんなで囲めるようになっている宿の広間の隅で、遊びにきた近所のおとなやこども（それもSちゃんの知りあいだった）が百人一首かるたをやっていた。途中から私も混ぜてもらって、百人一首でいちばん好きな歌〈あしびきの山鳥の尾のしだり尾の長々し夜をひとりかも寝む／柿本人麻呂〉の札を小学生の女の子と僅差で（ちょっと譲ってもらって）とった。

夕飯がすんでから、みんなで〈海老しか勝たん〉というひょうきんな名前のバーにどやどやと行った。バーはちょうどいいサイズで、暖かくて、よく知っている人とさっき知りあったばかりの人がいて、マスターは人の心をひらくのがうまかった。紅茶とオレンジの強い香りをつけたジンを勧められて飲み、おかしな酔っぱらいかたをして、気がつくとそこにいる若い女の子たちの人生相談を片っ端から引き受けていた。

1月5日

仕事初め、横浜ランドマークタワー。行きがけに、みなとみらい駅でとてもかわいい老婦人に「六番出口ってどこかしら?」と声をかけられて、「私もその出口なんですけど、どこでしょうねえ」と一緒に迷いながら道案内をした。老婦人は「なんとかいうホール」を探していて、「東急ホテルに泊まる」というので、まあみなとみらいホールだろうと当たりをつけて、途中まで一緒に行った（でももしもランドマークホールだったらごめんね、おばあちゃん……！）。五階分くらいを一気に昇る長いエスカレーターに一緒に乗ると、「もう八二歳だから、ホールの名前やなんか聞いても忘れちゃうのよねえ」「前にも来たことあるんだけど、そのときは桜木町駅だったの」「それにしてもすごいわねえ」とみなとみらい駅の摩天楼を見回して老婦人は言い、最近じぶんのおばあちゃまの話を本に書いた私は、むげにできない。エスカレーターを降りたところで、「おかあさん、私はこっち行かなきゃなんだけど、おかあさんはあっち、あの白く光ってる道だと思う」と言って、老婦人がその道に消えていくまで、後ろ姿を見た。それが「六番出口」だったのかは、けっきょく最後までわからずじまい。

ラジオに生出演する仕事だったので、フリートークの苦手な私は話すことを台本にたくさん書きこんでいった。でも喋りだしてみると意外にたのしい気持ちで会話できた。ここ数年あっちこっちで人前で喋る仕事をしてきたからか、すこしは喋ることにも慣れたのかもしれなかった。FMヨコハマのスタジオのロビーからは『花束みたいな恋をした』の観覧車がみえて、空がすこーんと青かった。あんまり気持ちよかったから、帰りはイヤホンで音楽を聴きながら、まっすぐで平らで意味がわからないほど広い道路を、横浜駅まで歩いて帰った。

1月19日

しめきりのある原稿の途切れめがきて、久しぶりにゆっくり読書や料理や掃除をしている。火曜日には上野のピカソ展に行き、そこから友達N夫婦の営む西馬込のカフェに足を伸ばしたりもした。ピカソの絵は、入ってすぐのところに展示された素描の「The Sleeper（眠る男）」がすごくよくて、なかなか絵の前を離れられなかった。眠る男のベッドの反対側に立て膝をついて座った裸の女の、男を見ている顔が、とても柔和で、優しくて、しあわせそうだった。腕をあげて眠っている男の脇毛まで、しあわせそうだった。

カフェは大繁盛で満席。Nが出てきてくれて、私は外で本を読みながらすこし待ち、席が空《あ》くと入って、立ち働く合間にタイミングを見計らって出てきてくれるNと少しずつ互いの近況報告をした。これまで、友達どうしここで集まったり、外国からのお客さまを連れてきたりしたことはあったけれど、考えてみるとひとりで来るのは初めてだった。「私らも年とった！」とNが言う。私は最近好きなひとができてHと会うのをやめることにした顛末《てんまつ》を話した。「大事件！」とN、祝うように言ってくれる。

Nとふたりで新宿ゴールデン街の一日貸しの店でスナックのママをやったのは、あれはもう何年前だろう？　Nの息子は今年、小学二年生になる。カフェは外から射しこむ光がとても心地よくて、チョコレートスモアの甘さが蠱惑《こわく》的で、読書が捗《はかど》って、私はやっと、冬やすみの心地がした。Nと、今年こそは「語る会」をしようと話して、帰ってきた。

2月4日

ジェフリー・アングルスさんに教えてもらった、キャロル・キングが歌う「チキンスープ、ライスいり」のYouTube動画がかわいくて、何度も何度も見てしまう。もともとはモーリス・センダックのことば遊びうたで、私は子どもの頃に邦訳版の豆本（というのか？ ミニサイズの箱入り絵本）を繰り返し読んだけれど、キャロル・キングが歌っているバージョンがあるなんて知らなかった。しかも、こんなにかわいいアニメーション付きで！

やっと来日がかなったジェフリーさんとゆっくり江ノ島と鎌倉を巡った日、私たちはようやく顔をつき合わせて、この夏に出そうとしている私の英訳詩集の打ち合わせをすることができた。

2月7日

小野和子著『あいたくてききたくて旅にでる』をすこしずつ読んでいる。日曜日、冬のあいだにすっかり殺風景になってしまったベランダのために、近所の花屋でワックスフラワーを買ってきて鉢に植えた。八百円。日曜日は混んでいるとわかっているのに、なぜか花屋に行きたくなるのはいつも週末。

昨日は獅子座の満月だったらしいけれど、見逃してしまった。昨日は、ぺろの年一回の混合ワクチンを打ちに、かかりつけの動物病院へ行った。リュック型のケージにぺろを入れて背負って自転車に乗る。坂をくだるとき、背中に向かって「はい、坂くだりますよ〜」と言い、川を渡るとき、背中に向かって「はい、川だよ〜見てるか〜」と言う。ぺろにとっては、年一回のお出かけデー。病院の台の上で肛門腺を絞られているときは怒りの雄叫びを上げても、済んでしまうとけろっとしているから、いい性格だなあと思う。今回は、初めて歯石も取ってもらった。

2月21日

結さんと、恵比寿で馬肉を食べる会をやった。結さんは画家だ。私たちは去年、横浜市民ギャラリーでの展示をきっかけに知り合った。展示中のイベントでライブドローイングで制作されて私が気に入ってしまった絵を、結さんは私の詩と交換で譲ってくれた。その交換が成立した日、芸術家として生きるのはとても愉快だと思った。きょうは恵比寿で、その完成した詩を結さんに納める会でもあった。

絵は、ギャラリーの展示室で見たときには普通の大きさに感じられたのに、額装してもらうときに改めて対面すると、ちょっとびっくりしてしまうくらい大きかった。私の部屋に来たときも、絵はちょっと動揺してしまうくらい大きく感じられ、やっぱりもっと小さい絵にすればよかったかなという気持ちが一瞬頭をかすめた。けれども毎日一緒に過ごすうちに、絵は部屋の壁になじんで、またちょうどいい大きさになってきた。人の身体の動きを追って描かれた線や色が、ときどき目に入ってくる。昨日は見えなかった線や色が、今日になってよく見えるということがある。

お酒をのみながら、制作のことや、暮らしのことや、世の中にはわからないことが多いことや、おいしいものを食べることの重要性について、私たちは喋った。基本的に朗《ほが》らかな結さんは、話しているとときどきこちらが息をのむようなふしぎな比喩をつかうのだけれど、ふしぎすぎていま思いだそうとしても思いだせないし、本人にはあまり自覚がないらしい。結さんの同僚は、仕事を辞めたらトロールハンターになりたいらしい。私たちの斜め後ろでは、てらてらとよく肥えた都会の獰猛な馬のような男たちが声をぱーんぱーんと張って向かいに座る女たちに自分たちの魅力をアピールしようとしていて（ああそうだった、ここは恵比寿、これだよなあ）、声が空間に溶けがちな私たちは、しばしば会話を中断されて苦笑いしてしまった。

3月18日

水曜日、『エブリシング・エブリウェア・オール・アット・ワンス』を観に映画館へいった。毎年この季節になるとアカデミー賞授賞式がある。映画の宣伝会社に勤めていた頃、その日だけは出社するとオフィスのフロアに大きなモニターが設置されていて、みんなでモニターを囲んでリアルタイムで賞の発表に見入った。クライアントの携わっている映画が受賞すると嬉しかった。公式サイトの予告編を「アカデミー賞ノミネート!」から「アカデミー賞受賞!」のバージョンに差し替えるのが私の仕事だった。オスカーウォッチャーの私の上司は、ツイッターで授賞式の実況中継をするために会社を休むのが恒例だった。いまでもその日がくるとそわそわする。WOWOWを契約していないので、リアルタイムで全部を見ることはできないけれど、一日くらい経ってから、YouTubeで受賞者のスピーチをチェックする。司会のコメディアンが打つオープニングトークもチェックする。元上司のツイッターもチェックする。

受賞者たちのスピーチを見ていると、私はすぐ泣いてしまう。今年は「エブエブ」のミシェル・ヨーが主演女優賞のスピーチをした。難しい年頃の娘の母親役を務めたミシェル・ヨーが「女性のみなさん、あなたがもう花盛りを過ぎたなんて、絶対に誰にも言わせないで！」と高らかに叫んでオスカー像を掲げ、会場の女たちが盛大な賞賛の声を飛ばす。勇気づけられて、私は泣く。「エブエブ」のダニエルズも監督賞のスピーチをした。早口で謝辞をまくしたてるスピーチの中に映画や芸術への愛が詰まっていて、私はまた泣く。「エブエブ」のジェイミー・リー・カーティスも、助演女優賞のスピーチをした。プロデューサーとしても活躍しているこのベリーショートのよく似合うかっこいい女性が「オスカーをとったのは、（私ひとりじゃなく）私を支えてくれた全員です、私たちが、私たちが！　オスカーをとったんです！」と両手を広げて叫ぶ言葉の説得力に、また泣いてしまう。

賞の結果をひととおり知ったところで作品賞受賞作を映画館に観にいくのが、もうずいぶん前から、私のこの時期の恒例行事になっている。『エブリシング・エブリウェア・オール・アット・ワンス』はめちゃくちゃなマルチバースの世界で王道の物語が展開されて、ばかばかしいのに強い愛があって、嗚呼、ハリウッド映画だった。映画ファンであればあるほど声をあげて笑いたくなるような「ジワる」シーンの連続で、でも私の観た回では映画館は静まりかえっていて、後ろの列に座っていた老夫婦はエンドロールが始まると早々に席を立っていた。

3月27日

水曜日、アリス・フィービー・ルーのライブを観に、渋谷へ行った。ひとりでスタンディングのライブに行くなんて、私はこれまで、やったことがなかった。ライブの開始を待つあいだ、スクランブルスクエアの上島珈琲でナポリタンを食べて、アイスコーヒーを飲んだ。渋谷は相変わらず怖い街で、私の隣には、飲食店を始めようとしている若い女の子に始終びんぼう揺すりを続けながら切々と詐欺まがいのコンサルティングをしている男がいた。「それ、たぶん詐欺だよ」と女の子に言うチャンスを窺ったけれど（ほら「大豆田とわ子と三人の元夫」にそういうシーンがあるでしょ、とわ子がレストランで結婚詐欺師に騙されかけてるとき、店員がそのことを教えにくる……）、私にはできずじまいだった。

私は自分の人生に推しというものをもったことがない。先日、初めてお会いした編集者さんにそういう対象があるか尋ねられて、唯一思い浮かんだのがアリスだった。そもそもそんなに好きでもないスタンディングのライブに、一緒に行ってくれる人が誰もいなくても、結局ひとりで行ってしまうほど、アリスのことは、応援しているのだった。

アリスを初めて見たのは、ベルリンに滞在していたときだった。二〇一二年だったと思う。マウアーパークの路上で歌っていた彼女の周りには、もうすでに大きな人だかりができていた。透きとおる長いウェーブの金髪、華奢な妖精みたいな身体にギターをひっかけて、左足と右足に別々の色の靴下をはいて、彼女は歌っていた。私は路上ライブにそんなに大きな人だかりができているのを見るのも初めてだったし、自分が路上ライブに引き寄せられて見入ってしまうのも初めてだった。彼女の足もとに置かれた段ボール箱の中には10ユーロのCDがたくさん詰めこまれていて、歌の合間に、人混みの中からそれを買う人がひっきりなしに現れた。私もそのCDを一枚買った。写真も撮った。

その数年後、アリスが来日するという情報に出くわした。あれからアリスはものすごく精力的に世界中のライブハウスでツアーを組んでいた。そしてついに日本にも来ることになり、青山で、青葉市子ちゃんと対バンするというのだった。チケットを買わないわけにいかなかった。あの子が、あの子が、あの子が、日本に来る!! 嬉しくて嬉しくて、ライブ会場でたくさん声援を飛ばした。そんなことも初めてだった。

彼女の四年ぶりの来日ツアーの初日は〈WWWX〉で、しっかりソールドアウトになった。日本語でちょっとだけ挨拶してくれた。英語に戻ったお喋りの中で、桜の季節に来られて嬉しいと彼女は言って、しかも昨日は春分だったね、春の、一年の始まりのエネルギーをみんなにお裾分けするね、と客席に向かって種を撒くようなしぐさをして、それがまたかわいかった。四年前よりも女の子のファンがたくさん来ている気がして、それもまた嬉しかった。大好きな曲

「dusk」をアリスが歌うとき、私は一緒に口ずさんだ。立ちっぱなしのライブが嫌いなことなんて、その歌を聞いているあいだだけは、忘れてしまった。

4月16日

尊敬する音楽家や作家の訃報が続いて、鬱々とすごしていた。昼ごはんを食べながら韓国ドラマを観ていても、へんなタイミングで涙が出る。書かなければならないものを横目に放置して、てきとうに流行りの音楽をかけて歌ってばかりいた。いやなことが重なって、私が鬱々とすごしているあいだに、いつのまにかピアノを習いはじめていたYが、パッヘルベルのカノンをちゃんと弾けるようになっていた。Yが送ってくれた動画の中で、それはとてもいい演奏だったのに、私は鬱屈を隠しきれずにやつあたりしてしまった。ああいやだと思った。こんな私は私がいやだ。鬱々としたまま、仕事をひとつ片付けて、すこし眠って起きて、自転車に乗った。さいわいきょうは晴れていた。いつも行くスタバじゃなくて（覗いてみたけど、とても混んでいたし）、個人経営の小さなコーヒー店でアイスラテを飲んで本を読んだ。まだゴールデンウィークにもならないというのに初夏みたいな暖かさだった。すこし日が落ちるのを待ってから海に行った。浜沿いの舗道を、ゆっくりゆっくり自転車で走った。日曜日の人たちが、海にくるために海にきていた。それをみて、すこし気持ちが明るくなった。私の目の前で、気流を使って地面すれすれまで何度も繰り返し舞い降りて遊んでいるとんびをからすの輩《やから》が襲撃した。私は「ええ！」とひとりで笑ってしまった。河口をすこし遡った。それから海沿いの国道に出て、もう一軒、行きつけのカフェにはいってアイスコーヒーを飲んで、本の続きを読んだ。カフェをはしごするのはすごくひさしぶりのことだった。書かなければならないものは、一行も進まなかった。でも、きょうはこれでよかったと思う。そう思うことにする。

4月21日

晴れ。Yと天城峠へ。ぶなとひめしゃらの森を登った。八丁池のあたりでは、豆桜が盛りだった。きれいに咲いた自生の椿が、地面にぽたぽた落ちていた。サルノコシカケ、むじなのお尻、きれいな鹿、山芍薬。

5月3日

大学で授業をしたり、低い山をいくつか歩いたり、海辺を散歩したり、珠洲《すず》へ取材旅行に行ったりしているうちに、四月（残酷きわまる月！）が過ぎた。調子はゆっくり快復しているような、のらりくらり蛇行しているような。友達と会っているときは心から楽しく笑うし、仲間と仕事の連絡を取り合っているときも水を吸った植物みたいに元気なのだけれど、ひとりで部屋にいるとどうもぽつねんとしてしまう。去年が夏から年末にかけて怒濤の忙しさだったから、かるい燃えつき症候群みたいなものかなあとも考える。部屋でひとりになれる時間がほしくてほしくてたまらないというような時期がかつてあり、そういう時間を手に入れてうきうき自炊した時期もあったけれど、いまは話したいことを話せるひとがまわりにいてくれるのがとてもありがたい。ほんとうに私はわがまま。人間はどこまでもわがままになれる。おそろしいことだ。

人生の過渡期のきびしさなのかな、とも思う。それをようやく味わう日々も、きっと私には必要なのだろうなと思う。ひとりひとり、毎日会えるわけじゃなくても大切なひとたちの顔を思い浮かべて、目を閉じて深呼吸すれば、夜はちゃんとよく眠れる。ひとりが嬉しい感覚もやっぱりちゃんとこの手に感じなおしたいけれど、焦らないぞ。

書かなければならなかったものはなんとか草稿まで無事に書きあがり、編集者さんに渡せた。あとはこまかい手直しと推敲。きっとだいじょうぶ。

5月7日

ゴールデンウィークの終わりに、雨が一日じゅう降っている。キッチンのカウンターに置いていた鉢植えのビカクシダが雨を吸えるように、ベランダに出す。仕事をすこしして、音楽をかけて、本を読んでいる。

土曜日、四月に大磯の山道を一緒に歩いたメンバーのひとりが奄美の八月踊りのワークショップをひらくというので、気になって出かけた。海岸沿いを歩いていけば出会えるだろうと甘く見て出かけたら、ものすごい強風の日だった。砂まみれになって、途中で紙パックのフルーツオレを買って、飲みながら歩いていったけど、海岸沿いの公園にはワークショップどころか散歩する人もほとんどいなかった（からすですら、物好きなのが一羽いるだけだった）。紙パックの表面に、湿った砂がびっしり貼りついた。行きつけのカフェに避難して呼びかけ人の連絡先に確認すると、ワークショップの場所は直前に変更になったらしく、地図の画像を送ってきてくれた。ぜんぜん見当違いのところを歩いていたことがわかって、今度はカフェで買ったアイスラテを握りしめて、道を戻った。ちゃんと防砂林を隔てた海浜公園の芝生のうえに、みんながいた。

初対面の人が多い場所で、私がいつもの人見知りモードを発揮していると、会の方が「踊らないんですか」と声をかけてくれた。「もうちょっと体を馴染ませてから……」と私がいつもの言い訳をしたら、「お酒、飲めますか」というので「は、はい」と答えると、じゃあお酒でリラックスしてくださいと、満月という名前の黒糖焼酎の水割りを振る舞ってくれた。ありがたくいただいて、途中から踊りの輪に入る。

休憩中、陣羽織の先生が、奄美のことばについて教えてくださる。琉球王国の沖縄ことばに、薩摩統治の時代に入ってきた大和ことばが上書きされて、でも接尾辞や語尾のイントネーションに、統治前の名残りがあるとのこと。踊りには神様のほうへ上りつめていくトランス型と降ろして憑依するポゼッション型があり、八月踊りはトランス型。盆踊りも久しく踊っていなかった、クラブでも久しく遊んでいなかった私の身体だったけれど、ぐるぐる回りながら踊っていると全身が温まって、元気が出てきた。

帰るとき、同じ方向のmayukoさんとバス停まで歩いた。最近「潜るモード」なんだと私が話すと、mayukoさんはダイビングの話をしてくれた。深さ三〇メートルと深さ五〇メートルでは見えるものが違って、三〇メートルの世界にはいろんなお魚がいて、わあ~という感じで綺麗だけれど、五〇メートルの世界は静かで、よくわからないじっとした生きものがいて、息しかしてない感じになるらしい。なぜだかその話を聞いて、私はますます元気が出てきた。

金曜日の午後に能登半島で地震があった。先月末に取材に出かけたばかりの珠洲市では震度六強を記録して、いろいろな建物が壊れた様子が、ニュース映像で流れてきた。ああ、これは私の知っている町だ、と思う。芸術祭のチームのだれかれに何度も車で送り迎えしてもらって、自分の足でも少しは歩いて、ゆっくりゆっくり私の中に染みこんできた町。暮らしたことはないけれど、珠洲はもう私の故郷になっている。みんなのことが心配。

5月24日

水曜日の夜。哲学者の永井玲衣さんと写真家の八木咲さんが主催する「せんそうってプロジェクト」の対話の会に参加した。二〇人くらいが集まっていて、玲衣さんがきりだした「my war」というキーワードから、それぞれがいろいろな、自分と戦争にまつわる話を始めた。あっというまに、二時間が過ぎた。

永井さんからこの対話の会への参加を呼びかけるメールが届いたとき、私はほとんど考えるまもなく申し込んでいた。いま、その会場から帰る電車の中で、この日記を書いている。

なんでもいいから人と会って話をする機会を、縋《すが》るようにもとめる気分がなんとなくずっとあった。それで、慣れない場所、初対面の人がいる場所に、あえて自分をひきずりだすようなことを、立て続けにしていた。そういう場所での所在なさに、自分の身体がどう反応するのか、ちょっと自傷に近い感覚で試しているようなところもあった。

でも、行けばかならず、人の優しさに触れる。慰められる。全員が見知らぬ人というわけでもないし、思いがけない再会があったりもする。それがだんだんわかってきた。すこしずつ違う考えかたをもって、ひとりひとり生きているまま、なにかをよすがにして、集まる。発言しない人は発言しないまま、なんの問題もなくそこにいる。戦争という言葉の巨《おお》きさに、私はひるみつつも、ひとりひとりの言葉から漏れてくる実感の手触りみたいなものに、やっぱり慰められていた。

もっと正直に書くなら、いま私は、「詩人・大崎清夏」としての言葉が人前に出るほどどんどん上達してしまうのが、嫌になってもいるのだった。もっと言葉が下手になりたい。包まないまま投げ捨てたい。その方法がわからなくて、じりじりしてもいるのだった。

こういう動きかたが自分にどう沈殿していくのかは、まだわからない。でもたぶん私はいま、自分の外に出ていきたいのだろう。風で道の脇に落ちた、小枝のようなものになりたいのだろう。そういう私自身を、じっくり引き受けてやりたいと思う。

戦争について誰かと話したいことは何ですか、と最後に玲衣さんがひとりひとりに問いかけた。たくさんのエピソードや思考を浴びたばかりの頭で、私は混乱しながらも、「自分や自分の大切な人を守りたいと思うことと、人を殺したい、殺さなければならないと思うことの間には、どれほどの距離があるのだろう、ということを、考えたい」と言った。

5月31日

昨晩ひさしぶりに出かけたクラフトビールの店で友達と何杯も飲んだ疲れが出て、ぼうっとした身体で起きた。朝遅く、雨のなか、最寄りのパン屋へパンを買いに歩いて行った。パンに合う紙パックのカフェオレも買う。午後は来週明治大学で行うゲスト講義の資料作り。雨は午後になってあがって、夕方になると私は「茶摘み」の唄を口ずさみながら海まで散歩に出かけた。夕方の散歩はかなり習慣として定着してきて、いい感じ。「茶摘み」は一番の歌詞は絵画的な描写がキマっていて、わーっとひろがった緑のなかにたすきの赤と笠の枯れ色が点描される感じで、色彩が鮮やかで、頭韻もいい感じだけど、二番がいい加減だなあと思う、「摘めよつめつめ摘まねばならぬ」とか。一番と二番の作者は別人なのではないか。

夜、弟の作ったラジオドラマがギャラクシー賞優秀賞を受賞した由、吉報届く。

6月19日

梅雨の晴れ間。朝から自転車を二〇分漕いで、写真家の渡邊聖子さんに紹介してもらった女性のところへヒーリング・セッションを受けに行った。

整体やマッサージや鍼灸《はりきゅう》というものに、以前は知らないひとに身体を触られるというだけで抵抗感があった。それでも、他人に触られることで身体に変化が訪れるということには怖いもの見たさの興味もあって、最初は資格をもつ友達に足つぼの施術をしてもらうようなところから始めて、施術後にはっきり「喉が太くひらく感じ」を感じてからは、いろんな知人の紹介を頼りに整骨院や鍼灸院にときどき行ってみるようになった。一五年くらいかけて、私の抵抗感はだんだんなくなっていった。去年の夏には、とあるバーレストランのパーティーでお互いべろべろに酔っぱらった状態で偶然知り合った女の子が小さなトリートメントサロンを経営していたのをきっかけに、ホットペッパーで彼女のお店を予約して、はにかみながら再会し、紙のパンツだけの姿になって全身をオイルマッサージしてもらったこともあった。そんなことが自分にできるようになるなんて、私はほんとに、思ってなかった。

今回のセッションを受けてみようと思ったのは、そのひとを他の誰でもなく聖子さんが紹介してくれたからだった。聖子さんと私との付き合いは長い。長くて、細々《ほそぼそ》としていて、不安定で、強い。二〇代の頃、私たちは言葉と写真をスクラップブックにぶちまけるみたいな交換日記をしていた時期があった。聖子さんが子育てを始めてから私たちはあまり会わなくなったけれど、彼女は私の詩を読んでいたし、私は彼女の展示があるときはできるだけ見に行った。聖子さんの写真展は、一見、写真が写真に見えない姿かたちをしていることも多くて、見るというより体験するという言葉のほうがふさわしい。展示空間そのものを作りこむというか整えるような作業を聖子さんはいつも「魂を吸い取られる……」と言いながらへろへろになりながらもやっていて、その写真＝展示空間には、生きているのか死んでいるのかよくわからない身体がごろごろ転がっているような生々しさがある。聖子さんに直接触ってもらうわけじゃないのに、聖子さんの写真を通過した私の身体にはなぜかいつも「喉が太くひらく感じ」がある。

つい二週間前、聖子さんは私の住みかの近くに来る用事があるからお茶しようと誘ってくれて、私たちは会った。数えてみるとそれはちょうど一年ぶりの再会で、でも聖子さんと会うときにはそういう時間の単位があまり意味をなさない。私は聖子さんと会うたびに、彼女と交換日記をしていた頃によく会っていた築地の交差点に面したビルの二階にあったマクドナルドの空間を思いだす（私たちの職場は当時偶然にも同じ築地のあちら側とこちら側で、それはランチタイムだった)。思いだすというより、身体がうっすらと、あの頃のマクドナルドでポテトに延々ケチャップをつけながら口に運びながら喋っていた私たちの状態に戻るような気がする。とにかく聖子さんと会うということは私にとっていつも(聖子さんの写真を見るのと同様に)別に何を脱ぐというわけでもないのに、とても身体的なことなのだ。

なぜそのひとを聖子さんが紹介してくれたのかわからないけれど、そういうわけで私にとって聖子さんに紹介されたひとのところへ身体を触ってもらいにいくことは、これ以上ないほど自然な流れだった。私は最近、自分で「人生の過渡期」と名づけてしまったような時間を生きていて、これまでとは違うやり方で生きることを試そうとしているようなところがあって、そのひとが鍼灸の施術だけでなく、話を聞く時間をつくってくれるということにも、それを欲していた自分に後から気づくようなところがあった。いまではほんとうにたまにしか会わない聖子さんが、そういうぴたりとしたものを私に差しだしてくれるということに、私は女どうしの縁のふしぎさと強さを感じる。

そのひとに会いにいくと、初めにじっくり話を聞いてもらう時間があって、それから鍼灸の施術を受けた。古い木造の建物の窓から吹いてくる風が心地よくて、しみじみと安心する空間だった。帰り際、外していた腕時計を付け直して時間を見ると、予定より一時間近くも長く時間をとってもらっていたことがわかって、びっくりしてしまった。

おなかがすいていた。私はマクドナルドに寄って子連れの家族に囲まれながらエグチのセットを黙々と食べ、晩ごはんはゆで卵と納豆と韓国のりを五穀ごはんにのせたのと、粉末だしをお湯に溶かしただけの葱のスープで済ませた。わけもなく気分がよくて、音楽をかけて猫と踊った。二週間前に自転車で転んで擦りむいた左のすねのほかに、私には自覚している症状は何もなかったのだけれど、翌日、長いことうまく後ろに反らせることができなくなっていた私の首、もうそれが治ることはないのだろうと思っていた私の首は、すとんと反るようになっていた。

6月30日

二〇〇七年七月から使い続けてきたツイッターを、ついにやめた。最近相互フォローになったばかりの人もいて、すこし心苦しいような気もしたけれど、やっぱりやめることにした。ツイートのアーカイブデータはダウンロードして、過去のDMは全部読み返して、思い出深いものはスクリーンショットをとった。最後の日、私のフォロワーさんの数は二五五三人、フォローさんの数は四八八人だった。

まる一六年、ツイッターを使っていたことになる。最初は、勤めていた宣伝会社がウェブ広告にも力をいれていたから、とにかく新しいSNSはなんでも使ってみようという気持ちで登録したアカウントだった。東日本大震災のとき、電話回線が壊滅的ななかさくさく動くツイッターが頼もしくて、それからライフラインのひとつになった。ツイッター上で知り合えた人もいたし、自分のツイートがちょっとばずると、やっぱりそれなりに嬉しかった。

ツイッターには、よくもわるくも言葉というものに拘泥《こうでい》している人がいて、優しすぎる人も、こわい人も、過激な人も、過敏な人も、左の人も右の人もいて、ときどきほんとうにげっそりしてしまうような言いあいや糾弾や弁解もあったけれど、それでもひとつのトピックをみんながそれぞれ考えて意見をのべたり、ふーっとためいきをつくようにその日の体調を置いていったり、そういう場にいるのはわるくなかった。

『踊る自由』という詩集を出したとき、それまでの自分には信じられないほどの反響をもらった。出版社が刊行を発表したツイートに三百を越えるいいねがついて、すごく嬉しかった。たくさんの人が私の本を読み、感想を呟いてくれるようになった。でもその頃から、私のツイートは宣伝ばかりになった。ツイッターは私にとっていつのまにか、始めた頃とは全然ちがう居場所になった。

ドナルド・トランプが出禁になった。マスク派とノーマスク派がお互いをなじりだした。イーロン・マスクがツイッター社を買収することになったとき、ああ、もうやめてもいいかなと思った（イーロン・マスクの顔が好きじゃなかったから)。自分の作品や活動の宣伝のためという建前でなんとか切り盛りしてきたけれど、もうそれを宣伝するのは、私の仕事じゃないのかもしれないな、とも思った。それをやってくれる人が、さいわいなことに、いまの私のまわりにはいて、私には別の仕事があり、そっちに集中してみてもいいのかもしれない。そんなことを、去年くらいからぼんやり思い始めて、携帯やタブレットからアプリを削除して、いつやめてもいい状態にしてあった。

昨日、前期最後の授業があって、大学の講師としての仕事がひと区切りついた。きょうからは夏休み。でも、執筆という宿題の山は、うずたかく私の目の前に積みあがっている。そういう夏休みの初日に、私はツイッターのアカウントを消すことにした。

7月1日

雨。起きてすぐ、明大のクラタ先生に送る先日のゲスト講義の課題レポートの講評をかく。

朝、枇杷ジャムいりパンケーキ二枚、紫キャベツのラペ、アイスラテ。朝ドラ「らんまん」見る。

午前中は事務仕事。神奈川芸術劇場のN野さんに送る資料の封筒をつくり、出版社から届いていた憎きインボイス制度に関するアンケート調査をにらみつけながらやっつける。

昼、ひやむぎ、みょうが、実山椒塩漬け、紫キャベツのラペ、黒オリーブ。

午後、ポストをみると数日中に返送する必要のあるゲラが届いていて、そのゲラをどうしようか思案しているうちに、今月選評をかくぶんのユリイカの「今月の作品」投稿作がぴんぽーんと来る。毎月のことだけれど、ずっしり重くてくらくらする。

先週の日曜に打ち合わせで渡された企画書や、自分で印刷した絵本のラフ（これは今度の火曜に打ち合わせ）もそのままになっている。手つかずの紙の束が机の上にいくつもある。

雨はやんでいて、でもいつまた降りだすかわからないから、散歩に出づらい。かわりにすこし昼寝。

夕飯、じゃがいもチーズ焼き、にんじんラペ、ビール。

明日、日記ワークショップの初日だなあと、思いついて『富士日記』上巻を読み返す。「いいことを書こうとするとずるをするから、あったことだけを書けばよいのだぞ」と百合子さんが泰淳に言われたことが、どこか冒頭のあたりに出てきた気がするのだけれど、そんな箇所は探しても探しても見あたらない。

きょうは外に一歩も出なかった。しいたけ占いが終了してしまって、しいたけ．さんの半期占いがもう読めないのが、地味にさびしい。

7月2日

下北沢へ。藤沢駅に着いたらちょうどロマンスカーが停まっていたから、乗ってしまった。涼しくて快適。夕方やるつもりだったゲラチェックを乗車時間ぴったりで済ませることに成功して、しあわせな気持ちになる。いったん新宿へ出て、各停で下北へ戻る。〈ボーナストラック〉への道順をグーグルマップに訊ねると、すごい遠回りの道を勧めてくる。いくらなんでもそれはないないとグーグルマップに言って、以前の記憶を頼りにまっすぐ歩いていった。ボーナストラックは小洒落たおとなの遊び場という雰囲気で、いつか行ったベルリンのマウアーパークに似ている。私はもうこういう場所を、喉から手が出るほどには欲していないけれど、東京にもこんな場所ができたのだなーと、嬉しくなる。

一〇時からワークショップ。定員オーバーになったのを抽選して、一五人も集まってくださった。主催の〈日記屋 月日〉店長のK本さんが、オンラインの打ち合わせで挨拶したときより五歳以上若く見え、密かに驚く。みんなで緊張して、みんなですこしずつ緩んでいった。終了後にさっそくランチへ出ることにしたらしい三人組を「いってらっしゃい」と見送った。そのうち私も混ざりたい。

新宿へ戻って、宣伝会社時代の同窓会的キラキラ女子会ランチに出席したあと、TOHOシネマズで『怪物』見る。

夜、ビール。にんじんラペにピザ用チーズをかけて食べる。ユリイカ投稿作の選考を進める。

7月3日

ワークショップ参加者のみんなの日記を読み始める。どの日記にもそれぞれの身体感覚が、文体としてちゃんと宿っている。すごいことだと思う。

春の初めの頃、ひと月ちょっとの短い間、深くつきあったひとがいた。Yといって、私より八つ若く、車の運転がとても上手で、小説も読まなければ映画もドラマも見ないひとだった。『すずめの戸締まり』だけはひとりで映画館で観たというから、何度か一緒に映画を観ようと試みたけれど、実現することはなかった。

みんなの日記のなかに当然のように本や映画やドラマの名前が登場することに、私のなかで治癒されていく部分が、とても大きく、確かにある。ひとつの傷が、もうひとつの傷のかたちを変えるということ。それはとても優しい。

次回ワークショップのためのメモ
○個別的に書くことが言葉の暴力性を和らげることについて
○日記のなかで嘘をつくことについて（大いに嘘をついてよいこと）

7月4日

午前中から昼過ぎにかけて原稿。午後三時過ぎ、自転車で街へ出て、F音館のH間さんと絵本の件を打ち合わせる。家を出るとき、ビカクシダの鉢をイケアの青いビニールバッグにいれて、自転車の前かごに入れて持って出た。打ち合わせのあとそのままL子さんの家へ行き、ビカクシダを預けた（週末からしばらく家を留守にするので、前々から預けたいことをお願いしてあった）。植物を扱う仕事をしているL子さんの家のリビングには大きな草木の鉢植えがいくつも置かれて、人間の座るところがあまりなく、ちょっとした森のよう。

ご近所チームのSちゃんとKちゃんも来て、夜はL子さん夫婦の家で年末以来のたこ焼きパーティー。たこと一緒に、ツナやチーズや揚げ玉も入れる。たこ焼きのほかには、枝豆、キムチ、紅しょうが、キャンディチーズ、あたりめなど。みんなそれぞれ、缶ビールを缶のまま飲む。

7月5日

昨日の打ち合わせをもとに原稿を直してH間さんに送り、昼過ぎまでユリイカの「今月の作品」を選んで、選評を書く。ちかごろ仕事ばかりしている。こんなことでいいのか、詩人なのに。

スーパーで買ってきた「練乳金時しぐれ」をおやつに食べた。ぺろも一緒に、カップのふたについたのを食べる。川上未映子著『黄色い家』すこし読む。

夕飯、アジ刺身、茄子の揚げびたし、長芋のたたきをごはんにかけて醤油をたらしたの、ビール。

7月6日

ぺろをミマルさんに預けるため、静岡へ日帰り。駅前には七夕祭りの屋台が出始めていた。昨晩深夜、清水の道路立体化工事の現場で橋げたが落ちる事故があって、死者も出たらしい。ミマルさんの家からほど近いところ。

ぺろの清水滞在は当初ひと月弱の予定だったのを、相談して秋まで預けることになった。

次の日曜から私は長崎の五島へ自動車免許の教習を合宿で受けにいくことにしてあって、だから日記ワークショップの日程ももともとは隔週で依頼されたのを変則してもらってあった。この日記にタイトルをつけるなら「私運転《しうんてん》日記」かな、などと考えていた。

上京した頃は東京から離れるなんて思いもしなかったし、電車とバスでどこへでも行けると思っていた。でもここ数年、仕事で国内のあちこちの土地に行くことが増え、ひとが運転する車に乗せてもらうことが増えて、車にしかできないことがあるのがわかった。車が運転できればどこにでも住めそうだし、そもそも車の運転じたいなんだか楽しそうだし、ミマルさんもぼちぼち運転が覚束なくなってきて、七五歳になったら免許を返納すると宣言しだした（彼女は今年六九歳）。ことしの夏の予定を考えはじめた頃、私の七月にはほとんど何の予定も入っていなかったから、え、できちゃう……という感じで、合宿することにしてしまったのだった（それでいま、仕事に追いまくられている）。

藤沢に戻る途中、熱海駅のホームで教習所のひとから細かな最終確認の電話を受けた。女性だった。電話の声の語尾に、ほんのすこし長崎ことばのイントネーションがあって、かわいい。

二年前にもぺろはミマルさんのところで半年ほどお世話になった。私がいないとさびしいだろうか。私はぺろがいないとさびしい。

7月7日

朝のうち、寄稿をひとつ仕上げて送信。まだ推敲したいけれども優先順位的にきびしい。あとで時間の許す限り推敲したい旨、依頼主のI田さんに伝える。朝一〇時、髪を切る。A美さんが長期休暇をとっているので、夫であるS倉さんにやってもらう。帰り際、「次回はまた妻が」と言ってS倉さん笑う。

午前中指定の荷物があったのを思いだして自転車をとばして帰ると、ちょうど私を追いかけてくるみたいに佐川急便の車が来た。それを受け取って、暑さでぼうっとしてしまう身体を起こして、昼食がてら行きつけのカフェへ。原稿ももっていく。書くというより、行き先を決めるような、ぼんやりした、作業ともいえないような作業、それでもこれをしないと先に進めないという作業を、頭のなかでする。

7月8日

小田急線多摩センター駅まで、都立大学のA庭先生が車で迎えにきてくださる。きょうは私は、都市政策を学ぶ学生さんたちの発表会をみて、ゲストとして講評する役。講評会の場所は多摩ニュータウン内の、レゴで作ったみたいなこぢんまりした商店街の一角にあるデザイン事務所だった。教室を出て、街で考える授業はたのしそう。

講評会のあと、学生たちが買い出してきてくれたビールとジュースでそのまま打ち上げになだれこんだ。帰りは駅までてくてく歩く。駅に向かって多摩丘陵をくだっていくのがわかった。家に着くと夜八時だった。打ち上げではほとんど何も食べずビールばかり飲んだから、何か食べたほうがいいよなと思ったけれど、気持ちよく疲れてしまっていて、そのまま寝た。

合宿

7月9日

午後一時、出発。羽田空港ですこし仕事。空港で仕事をするのが好きだ。飛行機で二時間飛んで、夜七時ちょうどに福岡空港に着く。地下鉄で博多の中心街まで移動してから地上へ出てみると、熱帯の重い湿った空気が押し寄せた。五島行きのフェリー乗り場まで、スーツケースを押して歩くうちに、汗がじっとり湧いてきた。ちょうど祇園例大祭（？）がはけたところらしく、白はっぴ姿の男衆とすれ違う。だだっぴろい大通りを進むと「昭和通り」との交差点に来て、京都と銀座を混ぜこぜにしたような街だなあと思う。

福岡、佐賀、長崎へは、福江島も含めて、高校の修学旅行で来たことがあった。でもあのときはバスで点を結ぶような旅で、博多の街を歩くのは今日が初めて。広い道路は閑散としていて、さっき降ったばかりらしい雨に濡れている。

フェリー乗り場のすぐ傍にあるスーパー銭湯に飛びこんで、おふろとごはん。地元の人が多い。旅慣れておいてよかったなと思うのは、こういうときあまり逡巡せずにパッとこういう施設に入れるようになったこと。

夜一〇時、出航まではまだ時間があったけれど、乗り場に行ってみると、もう乗船が始まっていた。疲れ果てて、船のかたちも、博多港の夜景も見ないまま、じぶんの寝台に潜りこんだ。

7月10日

朝五時、船尾のデッキに出てみる。夜明け過ぎのはずなのに景色は真っ暗で、すこし目が慣れると黒い海の上に群島の影が浮かんでいるのがみえた。ざあっざあっと雨のような音がするが、降っているのかわからない。

もうすこし明るくなるのを待って、ラウンジで水を買って、窓から正面の景色を眺めた。雨が強くなって、船は靄《もや》のなかを進んだ。舳先《へさき》のまわりで、かもめよりすこし大きな黄色いくちばしの鳥が一羽、風と雨と遊びながら、船の手前を飛んでいた。

福江港まで、自動車学校の係のおじさんが迎えにきている。集合したのは私ともうひとり、学生らしい女の子だけ。島の中心街を抜けて、たばこ畑の続く道を、草木と海しかないところまでミニバスで連れてゆかれる。

寮の部屋に案内され、説明を受けて、視力検査に適性検査、入校式があって、それからすぐに教習が始まった。夜、もうこちらから連絡するのはやめようと思っていたのに、つい「車の運転、おもしろいね」とYにラインしてしまった。すぐに返事がきた。

7月11日

教習二日目。生活はとても規則正しい。ごはんのまずさを恐れていたけれど、とてもおいしい。お味噌汁もあるし、私のふだんの自炊より確実にバランスがとれている気がする。

食堂で、昨日一緒に到着したリコちゃんとごはんを食べながら話した。私が女子大の先生で、教えているのは一年生という話をすると、リコちゃんも東京の女子大の一年生なのだと話してくれた。住んでいるところは運転が荒い人が多くて練習に向かないから、島まで教習に来たという。

午後、指導員のなかに私がハンドルを握っている手に何度も触れてグリップの位置を直そうとする方がいて、途中から指導がまったく耳に入らなくなってしまった。触らないでください、言葉で説明してもらえればわかりますと、私ももう大人なんだからそう言わないとと思ったけれど、声が出てこなかった。その時限が終わってひとりになったとき、手がふるえていた。

人によっては気にならないレベルのボディタッチだと思うし、その方だってたぶんほんとうに悪気はないし、懇切ていねいに教えようとしてそうなっている可能性もじゅうぶんあった(実際、老若男女問わず教習生から慕われている先生だということも、後日わかった)。それでも、私はこの方から次の教習を受けるのはしんどかった。もう何十年も昔に受けたさまざまな「嫌なこと」の記憶が、よみがえってしまう。

昨日の入校式で校長先生が「人間どうしですから、合う合わないはあります。もし、そういうことがあったら、言ってください」と話してくださっていたのを思いだし、寮の夜の点呼のとき、みまわりに来た先生にわけを話して、その方を指導から外してほしいことを伝えた。「私が、どうしても、そういうことが苦手なもので」と説明した。すぐ対応してくださる。

7月12日

教習三日目。夜明けに土砂降りの雨がきて、朝にはもうやんでしまう。修了検定の日がこんな雨だったらどうしよう。

効果測定のとき、試験官の先生が教卓の後ろでずっとサッサッサッサッサッと小刻みにジャンプしたり、膝を上げる運動をしている。運動不足が気になっている人の動き。島に来てから、私もぱったり運動不足になっている気がする。右折と左折を繰り返しすぎて、右と左がゲシュタルト崩壊している。そういえば初めて自転車に乗ったときも、右と左がよくわからなくて、いつも右手の親指を立てて、親指の立ってるほうが右、親指の立ってるほうが右、と憶えたのだった。

7月13日

教習四日目。ここに来てまだ四日しか経っていないのに、もう一段階目の学科教習が終わる。原簿にはんこが溜まっていくのが、夏休みのラジオ体操みたいで楽しい。

いつもやっている生活や仕事がいかに自分の得意分野に偏っているか、毎日ひしひしと痛いほど感じる。私が日々関わる人たちは、何らかのかたちで芸術や文学や詩歌に興味がある人しかいなくて、でも社会にはもっとさまざまな分野があって、生活があって、仕事があるということ。

文化芸術に関心がない（ようにみえる）人たちのことを、ほんのわずかでも見下したり馬鹿にしたりしているようなところが自分のなかにないか、車のルールを確認するみたいに、毎日点検するような感じがある。

いつも一緒に学科を受けているのはリコちゃんと、福岡から来たシャイな高校生男子のミヤハル、ひとめでガテン系の仕事とわかる恰好のおじさん、グミさん。最初はみんなマスクを着けていたけれど、私とミヤハルはもう着けていない。

グミさんだけがマニュアルで、あとはオートマ三人組。昨日あたりから、教室にはまた新しい入校生が増えている。

午後五時、移動スーパー「パオパオ号」が学校の敷地にやってきた。私はお土産になりそうな九州のお菓子をふたつと、ヤクルトのパックを買う。六一八円。

夕飯のとき、香港出身で福岡の専門学校に通うマイケルと、横浜から来たお姉さん、猫さんと知り合う。猫さんは五〇代半ばらしく、私が「もうかなり（教習）進んでますか?」と訊ねると「全然!」と話しだしてくれて、私の着ていた画・フジモトマサルの村上ラジオTシャツをみて「猫好きさんですか?」と問い返してくれた。みると猫さんは、いろんな種類の猫がずらりと並んだ図鑑のようなTシャツを着ていて、私たちはふたりとも、飼っている猫をひとに預けてここに来ているのだった。「学生さんですか?」と言うから、私が目をみひらいて「いやいや、教えるほうです」とこたえ、四〇歳だというと、「失礼しました」と驚いてくれる。

マイケルはとても人懐っこい子で、自分のことを嬉しそうに話し、一訊くと一〇返ってくる。日本のアニメにはまり、日本での経験も長いマイケルの日本語はとても上手だけれど、学科試験の問題の日本語はとても意地がわるい。すっかり愛されキャラのポジションを得ている彼がちゃんと卒業できるのかは、みんなの注目の的になっているらしかった。

夕飯、さば（?）と大根のみそ煮、ごはん、味噌汁、厚揚げのしょうが煮。

明日は隣に誰も乗せずに走る、無線教習というのがあるらしい。

7月14日

教習五日目。朝食のあと厩舎《きゅうしゃ》に行ってみた。この自動車学校は乗馬ができるというのが売り文句になっていて、寮のすぐ隣に馬が住んでいる。厩舎のなかにはポニーが一頭いて、鼻を触らせてくれた。そのそばの敷地では茶色い馬が一頭草を食《は》んでいて、その向こうでは、飼育員のお姉さんが黒いつややかな毛並みの馬を運動させていた。先に来ていた猫さんと一緒に、黒い馬をしばらく眺めた。時計回りで回る馬は、車のルールを知っているのか、左側端にちゃんと寄っている。

無線教習と、効果測定九〇点以上二回を無事にクリア。ほっとする。

7月15日

教習六日目。やっと余裕が出てきて、午前中、いちばん近い大浜という集落まで散歩に出かけた。運動不足だった身体が、これこれ、これを求めていたのよ〜と言っている。じわじわ汗が湧いてくる。交差点のところですれ違った住人の女性に、こんにちはと挨拶。こんにちはーと、笑顔で返してくれる。

学科を復習するような気持ちで、これは本標識の案内標識、これはもうすぐ横断歩道がある標示、これは路側帯、ここは車道外側帯だからここも車道で……とぶつぶつ唱えながら歩く。車やドライバーを見る私の目が、これまでとまったく変わっている。あのひと左に寄せるのうまいなあとか、あ、高齢者マークちゃんと付けてるなあとか、あ、いまブレーキ踏んだ、あ、ウィンカー出してる、あ……、と。学科の教習中、これは外国語をひとつ学ぶのと同じだとうすうす気づいてはいたけれど、読めなかった言語が急に読めるようになったので、道を歩いているだけでたのしい。植物にいちいち気を取られながら歩く万太郎（「らんまん」の主人公）みたいなものだ。

平屋が多くて、どの家も瓦屋根がりっぱ。石垣の石は多孔質。白い曼珠沙華《まんじゅしゃげ》があちこちに咲いて、大きなアゲハチョウとクロアゲハが飛んでいる。鮮魚店や郵便局やコープがある。車は軽自動車と軽トラが多い。

集落の真ん中にあるアコウの木のトンネルをくぐると、涼しい風が吹き抜けていた。トンネル内では追い越し禁止、ただし車両帯のあるトンネルを除く、と、習ったことをまた唱える。

ここに来てから、お酒は一滴も飲んでいないけれど、喉から手が出るほどビールが飲みたい！という感じもない。強いて言えば、おいしいアイスコーヒーが飲みたい。集落には、期待していたようなカフェはなさそうだった。白い砂の海岸に寄ると、黒い蟹とふなむしがいっぱい。

汗だくになって戻ってきてシャワーを浴び、原稿を進めた。私は書くことがほんとうに得意だ、すくなくとも、いま、車を運転することよりは。

昼食のデザートに、すいかが出る。

午後、技能教習二時間。初めの頃は他人行儀だった指導員さんたちも、お、やっとわかってきたかという感じで、熱を入れて教えてくれる。人間どうしのコミュニケーション、という感じになってくる。雑談ができるようになって、私はひとりの指導員さんに「明日（休校日）は何するんですか」と訊かれて、「仕事かな。文筆業です」と初めて自分の職種を言った。

技能教習で加速と確認がまだうまくできず、月曜日の予定だった修了検定は水曜日に延期。あと一回何かが後ろにずれこんだら、今回の滞在中には卒業できない。ひとしきり落ちこんだあと、そもそも一日二時間の教習を五日間やっただけでそこまでいくのが難しすぎるんだよ！と考えを改める。運転そのものは、確実に毎日上達していると思う。

夕飯はお弁当。

7月16日

休校日。サンダルを履いて、帽子をかぶって、グーグルマップを頼りに、歩いて二〇分ほどのところにあるカフェまで行ってみた。来るときに迎えの車のなかから見えたたばこ畑を過ぎると、英国風の切妻屋根の建物が右手に見えて「OPEN」の看板がかかっていた。緑の扉を押して入る。涼しい。

ずっと飲みたかった缶コーヒーじゃないアイスコーヒーを頼んで、『黄色い家』の続きを読んだ。カフェのお母さんに「自動車学校に来ていてー」と言うと、「じゃあここまでどうやって来たの？」とふしぎそうに訊くから「歩いて」と言う。

すこしすると、お母さんと顔見知りらしい、バイク乗りの大きなガタイのおじさんが「暑い暑い、暑すぎる」と言いながら入ってきて、またすこしすると、若いほっそりした上品な雰囲気のカップルも入ってきた。ここへはみんな、普通は四輪や二輪の自動車で来るのだ。

ごちそうさまでした、とカフェを出るとき、お母さんはハンドルをもって運転するしぐさをして、「頑張ってね」と言ってくれる。アイスコーヒーは四百円。

それからもうひとつ先の集落へ足を伸ばして、〈ソトノマ〉という名前のお洒落なカフェに入った。座ったカウンターのブックエンドに並んだ本のなかに宮本常一が五島について書いた本があったので、ぱらぱら読む。あのひとは五島にも来ていたのか、ほんとにすごい。昼どきで、カフェは大繁盛。汁なし担々麺九百円とバナナジュース五百円を頼むと、担々麺に小ライスが自動的についてきて、私はその組み合わせが予想外すぎて、思わず「あっ」と言ってしまった。

レジで会計するとき、店主のお兄さんに興味深げに「ご旅行ですか」と訊かれる。さっきと同じに「自動車学校に来ていてー」と言うと「ここまではどうやって？」と、また訊かれる。「歩いて」と、また答える。

島にはいい風が吹いていて、午後の暑さは過ごしやすかった。周りに誰もいないのを確認して、「茶摘み」の唄を歌いながら歩いた。白い鷺《さぎ》が一羽、青く広がる田んぼのなかからこちらを見ていた。私が両手を広げてみせると、鷺はぶわりと飛び立って距離をとった。

自動車学校に続く、草刈りを済ませた田舎道が、なぜか猛烈に暑い。まるで、刈られた草の血がゆだって、蒸発しているみたいな暑さ。

夕飯はお弁当。

7月17日

教習七日目。オートマ三人組の私以外のふたり、ミヤハルとリコちゃんは、するりと技能教習を終えて修了検定に進んでいる。また落ちこみそうになるのを思いとどまり、午前中、何度も技能を見てくださっているユスキ先生の教習を二時限受ける。先生に、ほんとは私もきょうが修了検定の日だったとこぼすと、運転できるようになるために練習してるのであって、予定通り卒業するためにやってるわけではないのだから、と諭される。

修了検定の前に受ける「みきわめ」に辿り着くまで、あと二項目足りていない。交差点の安全な左折と右折。左折するときは三〇メートル手前で左ウィンカーを出し、左折位置付近で「右よし、左よし、巻き込みよし」（信号に従うとき、坂を上るときは「巻き込みよし」だけ）。右折するときは三〇メートル手前で右ウィンカーを出し、「後方よし、右よし」と確認して道路の中央線に寄り、右折位置付近で「右よし、左よし」と確認する。これを、考えずに、反射的にできるようにならないとだめなのだ。教習所のコース内にあるいちばん短い道の交差点で、右折する手前で右に寄って「後方よし、右よし」を確認するのを、私はいつも忘れている。

午後、もう受けなくてもいいのだけれど、いちおう受けた効果測定は九六点。苦手意識のあること、不得意かもしれないこと、初めてのことに挑戦しているのだから、くよくよしなくていいはずなのだ（負け犬っていうのは挑戦しないやつのことだ、って『リトル・ミス・サンシャイン』のおじいちゃんも言っていた）。ほんとうに、ユスキ先生の言う通り、安全に運転できるようになるためにここへ来たのであって、すこしくらい時間がかかっても、なんにも問題はない――かかるお金が、若干増えはするけれど。

安全に運転できるようになって、これまで行けなかった場所へ、あとすこし遠くへ、行けるようになれたらと、ここへ来たのだ。

7月18日

教習八日目。午後三時、技能教習を終えてロビーに戻ると、午前中に卒業検定を受けた妙齢女子トリオ（と言っても三人とも私より若い）が三人とも合格して島を出るところにちょうど出くわした。

このお喋り好きの女の子たちと仲良くなるタイミングを私は一週間ほども逃し続けていたのだけれど、昨日の日暮れどき、入江の目の前の歩道を歩いていたら海水浴している三人が遠くに見えて、向こうから手を振ってくれた。手を振り返して、ぐるりと海沿いを歩いて自分もサンダルのまま靴下を脱いで足を濡らしたあと、海から上がってくる三人に「水着もってきたんですか！」と話しかけたら、「ないない、服で」と、見ると三人とも服のまま海に入って出てきて、びしゃびしゃになっているのだった。「えー、すごい！」と私は感嘆。

海の中から私の散歩を見ていた女の子が「どこまで行ってきたんですか？」と訊いてくれたから、「まりんぶるー橋ってとこまで行って、折り返してきました」と話す。もうひとりが「第二段階の路上でめっちゃ行きますよ」と教えてくれる。「まじですか」と私。昨日はそこで彼女たちとは別れたけれど、会話の糸口が見つかって嬉しかったのだった。

ロビーには猫さんやリコちゃんもいて、昨日私に話しかけてくれた女の子はひと足先に出発した。残るふたりが、使い残しの洗顔料や洗剤を寮の玄関に並べたから何でも持ってってーと言ってくれる。私は洗顔料を持ってくるのを忘れて、毎日スキンオイルを無理やりクレンジングがわりにして使っていたから、えっ助かる！ともらうことにした。

猫さんが新寮に案内してくれて（私の入居しているのは食堂の二階で別の棟）、空いている部屋を見せてもらうと、フローリングのきれいなホテルみたいな部屋で、しかもオーシャンビューだった。一日六一〇円の追加料金を払えば入れるという情報を、さっき親切にもトリオのひとりが教えてくれた。まだあと一週間あるし、明日、修了検定が終わったら移ろうかなと考える。

寮の玄関先に並んでいたのは水のペットボトルやら使い捨てアイマスクやら酵素洗顔やらジェルボール洗剤やら、わかってらっしゃる！というラインナップ。ひととおりもらって部屋に置いてロビーに戻ってくると、トリオのふたりはもういなかった。別れの挨拶もちゃんとしなかったなあと、なんだかさびしくて、猫さんとふたりで、さびしいねーと、ひとしきり喋った。

夕方四時からまた、技能教習。ユスキ先生に「受けてよかぞ」と言われる。つまり「みきわめ良好」が出たのだ。私は「ほんとですか！」と言ってしまう。教習が終わってすぐ、修了検定の手続きをした。この検定に受かれば、仮免許がもらえることになる。本番に強いのが取り柄でここまで生きてきたんやと思いつつ、やっぱりじわじわ緊張してくる。

私の二日あとに入った都会っ子、だいくんも、明日が修了検定らしい。大阪でフリーランスでウェブ系の仕事をしているというだいくんは、仕事で忙しくしているうちに免許がいつのまにか失効していて、二回目の免許取得とのこと。だから技能は楽勝らしい。

いつもミニマリストっぽい恰好、ちゃんと社交的な会話ができて、淡泊で大人っぽい雰囲気のだいくんとは、なんとなく諸々が近しくて、話しやすい。三〇歳くらいか、もうちょっと若いだろうか。

7月19日

修了検定日。朝八時半、朝食前に小さな散歩に出たら、向こうからだいくんが歩いてきた。「おはよーございます」と挨拶すると「きょう検定ですよね」と言うから「そう！」と返すと、「頑張りましょう！」と言ってくれる。「はい！」と私は答えて、すれ違った。

九時半から第三教室で検定の説明が始まり、一〇時一五分から検定開始。指導員の先生たちから「いちばんあっさりしたコース」と聞いていた第一コースを走ることになる。

受けるのは私とだいくんとグミさんの三人だけ。教室や待合室での待ち時間のとき、人当たりのいいグミさんがぼそりぼそりと冗談を言って笑わせてくれて、笑っているだけで緊張が和らぐのがとてもありがたかった。グミさんは、隣の奈留《なる》島から、仕事を休んで来ているのだそう。船で通うのは海がしけると来られなくて大変だからと、合宿を選んだらしい。

検定の最初はだいくんからで、後部座席に私が乗った。運転経験者であるだいくんの走行はとてもスムーズだった。次はもう私の番だった。後ろにはグミさんが乗った。加速、屈折、踏切、交差点、S字カーブに坂道発進。検定中止にはならず最後まで走れたけれど、受かったのか落ちたのかまったくわからなかった。ロビーで呆然としていると、校長の声で「本日修了検定を受けた方は、合格発表をしますので、第三教室にお集まりください」というアナウンスが流れて、私たちは教室に入った。全員合格だった。

思わず「よかった……」と声が漏れてしまう。「大崎さんは、だいぶぎりぎりだったみたいだけどね。まあ、七〇点でも一〇〇点でも合格は合格だから」と、校長。

そのまま一一時四五分から学科試験が始まって終わった。すぐに結果が出て、全員合格だった。

今度は学科のほうが自信なさげだっただいくんが「よっし！」と言う。私たちはほっとして、流れ作業で第二段階の説明を受けたり仮免許をもらうための書類に印鑑を押したりし、それが終わると食堂でささーと昼食（ちゃんぽんだった）を済ませ、午後からは学科と技能の続きがまた休みなく始まった。教室でリコちゃんに会い、「戻ってこれた……！」と言うと「おめでとうございます！」と言ってくれる。

第二段階の技能のひとつめは危険回避についてだった。一定のスピードを出して直進した先に並んだコーンを、先生が「はい」と言った瞬間によける。一定のスピードを出して直進した先で、先生が「はい」と言ったら急ブレーキを踏む。助手席にシートベルトを着けずに座り、徐行の速度（時速一〇キロ）で急ブレーキを踏んだときの衝撃を体験する実験もあった。わりと大きな声で

「わっ！」と叫んでしまうくらいには、想像以上に強い衝撃だった。怖い教習だったけれど、これまでに指導してもらったなかでいちばん相性のよかったK先生が担当してくださり、たのしい気持ちで受けられた。

詰め詰めの教習の最後にもうひとつ技能があり、私は路上デビューした。いよいよというか、ついにというか、早すぎるというか。五島の道は信号がすくなくて、とても走りやすい。それでも、歩いているおばあちゃんをよけて右にふくらんだところへ対向車が来てひやりとしたり、クロネコヤマトのバンが一時停車したのをよけて通るときに車線変更の合図・確認や徐行を忘れたり。道幅がときどき狭くなり、対向車が来ると私は路側帯に入ってしまいそうになる。「安全な距離が保てないときは徐行する、路側帯に入るのは最後の手段」と指導を受ける。

教習原簿を返しにいくと校長先生がそれを受け取り、「どうでしたか路上は、楽しかったでしょ」とにこやかに声をかけてくださった。私は「は、はい……！」ときょうしゅくしてお返事。

7月20日

教習第二段階二日目。朝一〇時半から午後七時半まで、技能と学科が途切れない。昨日、検定のあとに福々しい気持ちで事務所の受付に相談してあった寮の引っ越しをさせてもらえることになり、お昼休憩のあいだに新寮に移る。部屋に射しこむ南からの光が明るくて、気持ちいい。

午後の三時間は応急救護の実践演習だった。人体の人形が三つ並べて置いてある部屋で、傷病者を動かす方法や、回復体位の取らせ方や、AEDの使い方や、胸骨圧迫のやり方を学ぶ。私はリコちゃんとペアになって、お互いをおぶったり、転がしたりした。合間の休憩中、リコちゃんに大学で何を学んでいるのか聞くと、英文学だという。海外文学とか読む?と私が目を光らせて訊くと、それより日本の近代文学が好きで、梶井基次郎の「檸檬」と夏目漱石の「夢十夜」がお気に入りとのこと。私はがぜん嬉しくなってしまって「「檸檬」は誰にも否定できないよね〜!」などと口走る。

技能は朝と夕、K先生と二回路上に出て、福江港のほうまで行って帰ってきた。商店街には違法駐車がいっぱい。そのすべてを障害物としてよけなければいけないし、そのすべての隙間から何かが飛びだしてくるかもしれないので、怖いし焦る。

道を渡ろうとしている猫と目があって「あっ、にゃんこ!」と私が叫ぶと、「猫は(島に)多いです」とK先生が言った。「猫をひいちゃったら一生のトラウマになるだろうな」と私が言うと、K先生は「なります。ひいちゃったことあります」と即座に言った。そこからしばらく猫の話をしながら走った。K先生がその猫をひいてしまったときのこと、私が猫を飼っていること、いまはひとに預けて教習に来ていること。だけどK先生は犬派らしい。

第二段階になってから、一日三時間も走っている。路上を走るたびに、目に見えるものが増える。速度制限の標識。港に停泊している船。速度制限の標識。速度制限「ここまで」の標識。福江城の石垣。教会の屋根の上の十字架。道の遠くに連なる山並み。山並みは、私が来てからずっと雲を被っていたけれど、今日はすっきりときれいな稜線が見渡せた。梅雨明けが近いのかもしれない。

この日ラストの路上教習はS先生で、この先生は「とても話しやすい、距離感の適切な、当たりのタクシーの運転手さん」という雰囲気のひと（褒めてます）。私は指導を受けているのに、タクシーの運転手さんを助手席に乗せて走っているような、やや愉快な気持ちになってくる。

連続テレビ小説「舞いあがれ」や、ちょうどテレビ放映中の実写ドラマ「ばらかもん」（その原作漫画のことは昨日K先生が教えてくれて、私はとりあえず電子書籍で第一巻を買った）の舞台になったおかげで、五島はいまちょっとした聖地ブームに沸いていて、観光客がどんどん増えているらしい。舗道を歩くカップルを見て「あれなんかぜったい五島のひとじゃなか」と言うから「やっぱりわかりますか」と訊くと、「わかるわかる。匂う匂う」と、S先生は得意げに笑った。

自分が雑談しながらハンドルを握って路上を走っているなんて、とひそやかに思う。これまで何度も何度もな――んども、車のなかでいろんなひととといろんな話をしてきたけれど、私が座っていたのはいつだって助手席だったのだ。

7月21日

教習第二段階三日目。路上では卒業検定のコースの説明と練習、場内では方向転換（スイッチバック）の説明と練習が始まって、車内はまたぴりっとした雰囲気になってきた。

午後遅く、山岳教習というのがあって、ユスキ先生が助手席に乗り、私、だいくん、グミさんの三人で自動車学校の近くにある鬼岳《おんだけ》へ。涼しい風の吹く気持ちのいい夕方で、四人で山へドライブしているような気がしてくる（実際、しているんだけど）。見通しのいい、スピードを出せる一本道で「やっとけやっとけ」とユスキ先生に言われて、私はキックダウン（アクセルを踏みこむとギアが自動的に切り替わって、ビューンと加速する）を初めてやらせてもらった。先生も、山頂付近にあるコンカナ王国という観光施設のことを教えてくれながら「おじさんひとっ風呂浴びてくるわ、待っちょって」と、冗談が加速ぎみ。四〇年ほど前にできた施設だそうで、「こんかな」とはこの辺りの言葉で「どうぞいらっしゃい」「おいでよ」というほどの意味らしい。鬼岳はその名に似合わず、芝生でできたまるいおにぎりみたいなかわいい山。二年に一度、山焼きをして、いまちょうどいい感じに芝生が生えそろってきたところらしい。

教習生三人でかわりばんこに運転して、山の頂上まで坂を上って下りて上って下りて、鬼岳に登ってみたかった私は大満足。学校まで帰る道すがら、ユスキ先生が「いい時期に来ましたよ、三人とも。これから学生がどっと来るからら」と言うから「学生が来ると雰囲気変わりますか?」と訊いてみると、「忙しくはなるねえ。多いときは指導員の先生、七〇人も八〇人もいた」と言う。

7月22日

教習第二段階四日目。朝からK先生の指導で、だいくんとふたり、卒業検定のコースをふたつ走る。とくに問題なく走れたと思ったのに、最後に「ふたりとも安全確認が雑です」と言われて、私は凹んでしまう。路上での運転に慣れてきて、気づかないうちに確認作業がさらっとしてきてしまっているのだろうか。ロビーで次の教習を待っているとき、ユスキ先生に「どうした、シュンとしとるぞ、シュンと」と言われる。おじさんのくせに、ユスキ先生は勘がいい(だからいい先生なのだ)。

続いて女性指導員のI先生の指導で、これまただいくんとふたり、路上教習。

技能教習には五〇分ぴったり車の中にいなくてはいけないというルールがあるようで、車内で余ってしまった時間に私が猫の話をちらりとすると、I先生も猫を飼っているとのことだった。学校の敷地内で拾った猫で、福が来るようにと「ふく」と名づけたら、ふくふくふとっちゃって、と話してくれる。

お昼は冷麺とかっぱ巻き。猫さんと猫ばなしに花を咲かせながら食べる。

午後は学科や路上教習の合間に、初めての縦列駐車と、スイッチバックの復習。やりながら憶えるので私は焦ってしまって、入ったところから出るときにウィンカーを出すのを忘れる。担当のO先生に「大崎さんは合図と確認の順番が逆になってる」「ドアを開けてからノックするようなものです」と言われて、私は「それは……だめですね……」と苦笑い。

午後の最後に、卒業検定に進むための効果測定を初めて受ける。九〇点以上を二回とらないと、検定を受けさせてもらえない。きょうはケアレスミスが多くて、あと一歩、九〇点に届かなかった。

土曜日だから、夜間教習はない。日が落ちてきても蒸し暑さが残っていたけれど、運動が圧倒的に不足している私は帽子をかぶって水を持って、学校の前の海沿いの舗道を小一時間歩いた。引き潮で広々とあらわれた白い砂の干潟を下りていくと、浜辺の段々のところでミヤハルと一緒のグミさんがたばこを吸っていて、手を振ってくれた。「蒸しますねえ」と近づいていくと、「運動のために歩きよるんですか」と言うから、「そう」と答える。ミヤハルに「効果測定終わったんですか?」と水を向けると、「あと一回、残ってる」と言う。グミさんはさっきの効果測定で、早々に九〇点二回をクリアしてしまったらしい。いいなあ。

合宿生のメンバーはいつのまにか入れ替わって、私と猫さんとリコちゃんのほかは全員男性。グミさん以外はみんな若い男の子だ。何人かはやっぱり運動不足を感じているのか、学校の教習コースを自転車で乗り回したり、私の散歩コースと同じ舗道で走りこんだりしている。でも、目があっても、彼らはぜんぜん挨拶しない。

7月23日

休校日。九時二五分大浜バス停発の、一時間に一本のバスに乗って、街のほうへ出かけてみた。同じバスに、合宿生の男子がふたり乗る。バス停のベンチに座っていた私に向こうが近づいてきたから、私が「こんにちは」と頭をすこし下げたのに、やっぱり向こうは挨拶しない。だめだなあ。

福江港の手前の三尾野《みおの》という停留所で下車して、ジブリの背景画を手がけた山本二三《にぞう》の美術館に行ってみた。りっぱな石垣の続く武家屋敷通りのなかほどに、江戸時代の武家屋敷がほぼそのままのかたちで保存されている建物があり、そこが美術館になっている。ラピュタ雲や、シシ神の森や、細田守監督の『時をかける少女』の踏切に続く坂を描いたのがすべて同じひとで、しかも五島出身だったことを初めて知った。

福江港までぶらぶら歩いて、観光ホテルの一階ロビーにあるティーラウンジでアイスオーレを飲み、すこし読書。それからさっきの武家屋敷通りに戻って、ふるさと館という小さな道の駅のような食事処に入った。五島うどんセットというのを注文して食べる。五島うどんは、つるつるした細い紐のようなうどん。メロンの入ったお総菜がついてきておいしい。八五〇円。

お土産コーナーに入ると小柄な女性の店員さんがいそいそと出てきてくれて、私の隣にピタッとくっついて、ここでしか買えないのはこれとこれ、と教えてくれる（でもそれは私は買わなかった）。「むかし福江島の教会に修学旅行で来たんですけど、何ていう教会か思いだせなくて」と私が話したら「たぶん堂崎天主堂だと思います」と教えてくれたので、堂崎天主堂のステンドグラスの柄のしおり（三百円）を買った。当時のステンドグラスの模様は、本来ふちどりに使う鉛が入手できなかったから、代わりに全部木枠で作られているそうだ。ガラスはフランスから輸入していた。

港の雰囲気は堪能したし、遅くなるとバスがなくなるから、福江港を一三時二〇分に出る富江《とみえ》方面行きの路線バスで早めに帰ることにした。堂崎天主堂にも寄れたらよかったけれど、それはまた別の旅。港のターミナルの出口で、リコちゃんにばったり会った。バスが出ると、すこし先の停留所でミヤハルが乗ってきた。向こうもこちらに気づいて、目と目で挨拶。大学生たちよりよっぽどちゃんとコミュニケーションがとれる。

バスが峠を越えたあたりで曇っていた天気が急変して、雨がどさどさ降ってきた。「松の春」という雅《みやび》な名前の停留所で、雨のなか下車。先に降りたミヤハルがダッシュで走って行った道を、私は折り畳み傘をさして歩いた。ショートパンツの太ももあたりまでびしゃびしゃになったけれど、温かい雨だった。厩舎のそばを通り過ぎるとき、馬の誰かがぶるひゅひゅひゅん！と鼻を鳴らして挨拶してくれた。

7月24日

教習第二段階五日目。（補記：この日の日記は残っていない。）

7月25日

教習第二段階六日目。お昼どき、今日が卒業検定だったリコちゃんに食堂で会って目配せすると、朗らかな顔でちょろりとピースサインを出した。私は控えめに拍手して、小さな声で「やったー！　おめでとう！」とお祝い。

午後、効果測定を無事にクリアして、この学校で残すところは車を走らせるのみとなる。ミヤハルも、ずっと効果測定で足踏みしていたマイケルも、無事に卒業したらしい。福岡から同じ船に乗ってやってきたリコちゃんが明日にはいなくなってしまうことを思うと、やっぱりすこしさびしい。

明日の技能教習の予約時間を緑のカードに書きこんでもらいにいった事務の受付で、思わずふうううーと息をついた私に、いつもお世話してくださっている事務のお姉さんが苦笑しながら「深いため息が……」と声をかけてくれた。「緊張してきました……」と私が言うと「いよいよですもんね」。ちゃんと教習生の進み具合を把握してくれているのだ。泣いても笑っても教習は明日まで、卒業検定を受けられても受けられなくても、検定に合格しても落ちても金曜には帰ることを考えると、この二週間のいろいろが去来してしまう。

明日が卒業検定のみきわめだから、ユスキ先生の指導が厳しい。終わったあと「明日俺がみきわめやっちゃ、やかましく言った、ごめんな。（卒業検定）受けさせてあげたいもん俺だって」と言ってくださる。わかってますってば、先生。

一八時半からの教習はO先生で、うすく靄がかった幻想的な日の名残りの時間帯を走った。O先生は静かーに見ていてくれて、それはそれで緊張感があり、すごく検定の練習になる。むっ！というときだけだめなポイントを教えてくれるから、何も言われなければこのまま進めればいいんだなとわかり、私は落ち着いて走れる。道もだんだんわかってきて、ここでは速度を五〇キロ出す、ここでは左右よく見て通る、ここは坂だからセカンドに入れ、この辺りでドライブに戻す……というようなことが、徐々に頭に入ってきている。先生も「前回より落ち着いて走れるようになってます」と言ってくださる。きょう教わったのはふたつ、右左折で曲がり始めたら進行方向を見ること、停車するときは速度を落としてから寄せること。

ここは関東よりも一時間くらい日が長い。関東より南九州より遅い、やっとこさの梅雨明けだった。夜、寮の部屋のベランダに出てみると、正面に見える海の上に、半月がふわりと浮かんでいた。

7月26日

教習第二段階七日目。午前中は教習がなくて、九時半から厩舎に行って乗馬体験をさせてもらう。黒い毛並みの、エフィーさんという女の子の馬に乗って、黄色い砂のグラウンドを、飼育員さんに綱を引いてもらって二周した。若い女性の飼育員さんは、二、三年前にこの自動車学校で免許をとったらしい。上手に馬に乗れるようになるには一年くらいかかるという。車より難しい。

昼食はおろしそばとお寿司。もうリコちゃんは旅立ってしまったし、猫さんは今日から朝夕の二食にするらしいので、ひとりで食べる。

午後、香珠子《こうじゅし》までの散歩から帰ってくると、寮のそばにある倉庫の下から子猫の鳴く声がして、見ると奥のほうに茶白猫の小さいのがうずくまっていた。この猫の鳴き声は二、三日前から聞こえていた。教習所のコースをうろついたら危ないし、捕獲しようということになって、いつも厩舎にいる飼育員の女の子が中心になって、捕獲大作戦が始まった。みきわめを終えて暇そうにしているグミさんや、次の教習まで時間を持てあましている私も協力。最後は物陰からぴゅーんと走りだした子猫をグミさんが追いかけていって捕まえ、私のサコッシュに入れて落ち着かせた。子猫は、とりあえず猫飼いのI先生が引き取ることになったもよう。

ユスキ先生の教習を二時間受けて、最後に縦列駐車で一瞬パニックになってどしゃっと叱られつつも、なんとか明日、卒業検定を受けられることになった。左後方よし、右後方よし。まずまっすぐバックして、車の後部座席の三角窓にポールの角が見えたら停まり、ハンドルを左にいっぱい切って曲がってゆき、右のサイドミラーに後ろのポールの奥の角が見えたら停まり、ハンドルをまっすぐに戻して自分の決めた目印までまっすぐバックして停まり、今度は右にいっぱいハンドルを切ってバックして、ボディを長方形のなかに収める。終わったらレバーをPに入れてハンドブレーキを引いて「終わりました」と言う。ハンドルはそのままで、「出て下さい」と言われたらハンドブレーキを戻してレバーをDに入れ、右ウィンカーを出して出る。落ち着いてやればできるのだ。路上でだって、いろんなことがあるけれど、ちゃんといつも通り運転すれば、きっとだいじょうぶ。

夕飯の食堂でだいくんと喋っていると、一週間前に来てだいくんと打ち解けたらしい東京ボーイが途中から話に参入してきた。この数日間こっそり観察していたこの垢抜けた東京ボーイは、食堂や喫煙所ですこしずつ人脈を築いていた。よく言えばコミュニケーションが上手、わるく言えば、ちゃらい。でも、ちゃらかろうがなんだろうが、会話ができて社交が成立するというのは、気持ちのいいものだった。

夕飯のあと、ひとりで帽子をかぶって海岸まで行き、サンダルを脱いで、海の水に膝まで浸かってじゃぶじゃぶ歩いた。段々になったコンクリートの護岸の最後の段で滑って、おしりをしたたかに打った。毎日見ていたこの海とも、あと一日でお別れ。

7月27日

卒業検定の日。朝食でだいくんと一緒になると、彼はけさ海へ行って、私が転んだのと同じところで滑って肘を擦りむいたらしく、「血が止まらない」と笑いながら、絆創膏を三枚貼った生傷を私に見せた。運転に支障はなさそうとのこと。

修了検定のときと同じように九時半から説明があって、検定は一〇時一五分から始まった。先に出発するマニュアル車を見送りながら検定員の先生が「よりによって、年に二回の大イベントに当たるなんてなあ……」と言うから「何かあるんですか」と訊くと、「警察の見回り」と教えてくれる。後ろに警察官を乗せて、グミさんたちは卒業検定を走るらしいのだ。「それはそれは」と私。だいくんとペアになり、まず彼の走行を後部座席で見守って、そのあと交代して私が走った。教わったとおりにひとつひとつ、加速したり左折したり右折したりしていって、路上の検定を終えると教習所のコースに戻って縦列駐車。落ち着いてきちんとできた。ウィンカーを出すタイミングや、なぜそっちにウィンカーを出すのかという理屈が、土壇場になってやっと頭じゃなく身体に染みこんできた感じがあった。

暑いので、エンジンを切らないまま冷房を効かせた車の中で、交代で講評を受けた。だいくんも、グミさんも、私も合格だった。合格発表の教室から校長が「おめでとうございました」と礼をして出ていくと、グミさんが「これで帰れる〜」と噛みしめるように言い、私は「冬に来なくてよくなった……!」と言った。

昼食後、食堂の板長に昨日のお寿司の魚を訊ねたら、嬉しそうに「あれはね、ハガツオ」と教えてくれた。普通のカツオと違って背中のほうに模様が入っていて、関東ではあまり食べられないものらしい。私の顔を見て「おめでとうございます、きょう卒業でしょ」と言ってくださる。

午後二時から卒業式があって、証明書類を受け取った。校長がだいくんの傷に気づき、「大けがじゃないですか」と心配すると、だいくんがけがの顚末を説明したので、「私も同じところで滑って転んでおしり打ちました」と主張した。みんな笑う。午後に出る船でもう帰るグミさんが寮に戻っていくのを追いかけて、「グミさーん！　お疲れさまでした！」と手を振った。けっきょく、私と最初から最後まで同じ日数で入学して卒業したのは、グミさんひとりだったのだ。

部屋に戻って、溜めこんでいた仕事をすこしやっつけた。五時に移動スーパー「パオパオ号」がやってきて（そうだ、今日はまた木曜だった）、私はお土産になりそうなものを物色しにいった。九州限定のポテトチップ二袋と、溶けかけのアイス（パルム）を買う。数日前に同じ寮に入った都会的な雰囲気の女の子が嬉しそうにやってきて「すいかもあるんですね」と言うから、「すいか、おいしいですよ」と教えてあげた。

まだ明るさの残る午後七時、食堂で猫さんに会って、インスタグラムのアカウントを交換した。そのときたまたま食堂にいた東京ボーイとさっきの女の子がふたり同時に食べ終えて席を立ち、東京ボーイが私を振り返って「無事に卒業ですか、いいなあ」と言うから「はい、なんとか。頑張ってー」と私は言う。女の子も微笑みながら「おめでとうございます」と言ってくれて、私は「ありがとう、頑張って！」と言う。これから若者たちの夏が始まるのだろうか。いいなあ。

7月28日

朝早く起きて、荷造りが終わってもロビーに集合する約束の時間まで時間があったから、学校の周りをすこし歩いた。夏が本気を出してきた暑さだった。それからまとめた荷物をもって新寮の部屋を出て、朝の運動をしているエフィーさんをすこし眺めた。がらんとしたロビーに、掃除のお姉さんと食堂の板長がいた。挨拶してすこし喋った。ふたりはヨメサラという名前の食べものについて話していて、私が「何ですかそれ、魚？　野菜？」と訊くと、笑って「貝」と言った。

ここへ来るとき迎えにきてくれた送迎スタッフのおじさんが、同じマイクロバスで送ってくれた。乗るのは私ひとり（だいくんは、自動車学校の脇で知り合った近所のおじいさんに送ってもらうことにしたらしい)。来たときよりも饒舌に、おじさんは運転者の心得を話し、私にふたつの教えを授けてくれた。一、保険には必ず入ったほうがよい。二、初めて買う車は中古車がよい。おじさんには娘が三人いて、娘たちにも口酸っぱくそう伝えたらしい。

とてもかわいらしいサイズの空港である五島つばき空港でお土産を買って、コーヒーを飲んで仕事していたら、あっというまに搭乗時刻になった。長崎経由で羽田へ。午後にはもう、藤沢にいた。

夜、山口に住むまりちゃんと通話、小一時間。彼女も数年前に車の免許をとったので、運転にまつわるいろんなエピソードを聞かせてくれる。

立秋まで

7月30日

下北沢で、日記ワークショップの二回目があった。何人かのひとが「おめでとうございます！」と言ってくださる。ありがとうございます。本免の学科がまだ残ってるので頑張ります。

文学としての日記の話はどこかでしたいと思っていたから、嘘をつくことについての話をした。次のワークショップでは何をどうしようか、まだ全然アイデアが浮かんでいない。あまり凝らずに、集まったひとどうしで日々の生活についてぽつぽつ話すだけでもいいような気もする。

下北沢駅に向かう途中に新しくできたメキシカンの店でタコライスをささささーと食べ、初台に移動して長塚圭史演出『モグラが三千あつまって』という親子向けの演劇を観た。「ひょっこりひょうたん島」の作者が書いた原作をもとにした戦争の寓話だった。四人の俳優がひとり何役もこなす舞台だったけれど、子どもたちはちゃんと演劇世界に入れていた。

それからさらに松陰神社前に移動して、音楽家の蓮沼執太くんが主催するクラフトビールのイベントに顔を出した。Brut IPAというのとCoffee IPAというのを飲む。日が落ちてくると顔なじみの蓮沼フィルのメンバーがひとりふたりと集まってきて、わいわいお喋り。ザ・東京の夏の風情。

7月31日

午前中、ずっと不在で受け取りを延ばしに延ばしていた荷物が来る。何の荷物かと思ったら、詩人の小野絵里華ちゃんが先日のお礼にと贈ってくれたヘアケアセットだった。六月の初めに絵里華ちゃんが受賞した詩の賞の授賞式で、私は詩友としてお祝いのスピーチをした。私には詩友と呼べる友達はほとんどいないから、絵里華ちゃんの受賞は嬉しくて、あの日は保護者のような気持ちだった。

一日じゅう、ゴミ出し以外は一歩も外に出ずに、きょう〆切の定期案件をがりがりとやっつけた。私の部屋はとても静かだ。自動車学校の合宿中、ゆいいつ最後までなじめなかったのが、教習の区切りごとに鳴るチャイム放送だった。寮の部屋にいても、ロビーにいても、教室にいてもコースにいても、朝九時半から夜七時半まで、いつもいつもチャイム放送を聞かされていた。それがないだけでとても落ち着く。今度誰かに苦手なものを訊かれたら「チャイム」と答えようと思う。

8月1日

秋に上演する朗読劇の原稿を仕上げるため、朝からスタバへ。スタバに来るのも一ヶ月ぶりだ。仕事がよく捗り、嬉しい。帰りにスーパーで買いもの。夏野菜をたくさん買いこんで、前にカルディで買ってあったキットを使ってビリヤニを作った。パクチーとミントがなかったので、大葉で代用。昼も夜もビリヤニを食べる。
午後、ユリイカの投稿作がどさっと届く。

8月2日

午前中、不在で受け取れていなかった健康保険証が来た。
夕飯、とうもろこし炊き込みご飯、豚と茄子のしょうが炒め、きゅうりと大葉の味噌汁（豚のゆで汁で）。私は味噌汁は、油がちょっと浮いた味噌汁のほうが断然好き。

8月3日

朝、とうもろこし炊き込みご飯、ゆで豚にぽん酢と実山椒をかけたの、きゅうりと大葉の味噌汁。昼、ごまだれ冷やし中華（きゅうり、大葉、ゆで豚のせ）。昼ごはんを食べたあと、暮しの手帖のレシピでたまねぎの甘酢漬けを作った。合宿先でずっとひとに作ってもらったごはんを食べていたからか、自分で食べたいものを作って食べることが新鮮。家のことをいろいろしたい気持ちが高まっている。

午後、寄稿原稿（一二〇〇字）を一本書いて送る。

8月5日

炎天下、汗だくになりながらも吉祥寺シアターまで出かけていって、劇場の前で観劇仲間たちと待ちあわせて、チェルフィッチュ『宇宙船イン・ビトゥイーン号の窓』を観た。舞台が始まる前、二ヶ月ぶりに会うまちこちゃんに私が自動車学校での出来事（というか主に縦列駐車ができなくて一度だけ怒鳴られた話）を話すと、まちこちゃんはとてもおかしそうに笑った。

舞台は、言葉の機能をとてもよく知っているひとが書いた脚本によって成り立っていた。日本語を母語としないという条件で集まり、ワークショップを経て舞台に立った俳優たちもよかった。アフタートークはすこし冗長だった。客席の外に出ると岡田利規さんがいらして、挨拶した。たまたま同じ回を観に来ていたK磯さんと階段のところでばったり会った。そこここでいろんな再会が勃発している感じだった。

それから観劇仲間の三人と劇場を出て、また炎天下を歩いていって、マリコさんが予約してくださっていたロシア料理とジョージア料理（ほんとうはグルジア料理と言いたい、グルジアという言葉の響きが好きだから）の店に入り、感想を話しながら早めの夕飯をゆっくり食べた。とても美味しくて、前菜、ピロシキ、ボルシチまで食べると私たちはお腹いっぱいになり、最後のビーフストロガノフは持ち帰り用のパックに入れてもらった。紅茶に入れる薔薇のジャムもすてきだった。

8月6日

数日前に近所の道で撮った、サルスベリの白い花が満開になっている写真を、Yに送った。ちゃんと返事がくる（Yから返事がくるだけで浮かれてしまうのはもうやめたいのに）。私はカタカナで「サルスベリ」と書く。Yは「百日紅」と書いてくる。

8月7日

二俣川《ふたまたがわ》の免許センターへ、学科試験を受けに行く。昼は二俣川の駅蕎麦屋で、茄子の蕎麦をささっと食べた。免許センターは予想に反してきれいな建物で、新しい大学のようだった。予想通り学生ふうの人が多かったけれど、予想以上に外国籍らしい方も多かった。視力検査とか証紙購入とか写真撮影とか、なんだかいろいろな手続きがあったけれど、流れに乗って「こちらへ」「あちらへ」と言われるままに進んでいるうちに、諸々が終わっていった。ちょっと厳しい空港みたいな感じか。ぶじに合格して、免許証を受け取った。これでもう乗れてしまう。えー。いいのかなほんとに。

帰り道、最寄り駅の近くで、明日の夜から出かける山のための行動食を買った。何か（たぶん財布の紐）が緩んで、シェラカップと新しい山靴下とエマージェンシーシートと、バナナとキウイのフルーツサンド（自分への合格祝い）

も買ってしまった。
明日は立秋。

8月8日

午後、mayukoさんの自宅兼サロンで「茶と言葉の会」。mayukoさんが二種類の中国茶を専用の道具でていねいに点《た》ててくださり、四人の参加者と一緒にそれを味わってから、今度は私が詩や日記を朗読した。ときどき感想も共有してもらいながら、ゆっくり進めた。贅沢な時間だった。ひととおり終えたところで、五島土産に持ってきたハッチカンカンというお菓子をみんなで食べた。mayukoさんはお茶の時間のことを「のむ瞑想」という。mayukoさんがこの会の参加費をカードで決めたり、開催日がゾロ目であることやライオンズゲートの日だと教えてくれるのを、私は自分では手にとらない物珍しいものを見せてもらうような気持ちで聞くようなところがあったけど、「のむ瞑想」はほんとにその通りだと思う。

一八時前に帰ってきて、今度は山の荷物を背負って、もう一度出かけた。夜行バスは二三時発なのに、二一時台に新宿に着いてしまって、混雑するバスタ新宿の待合所で二時間近く待った。乗る頃になって、熱帯の雨が降りだす。

ソロハイク

8月9日

朝四時半頃、安曇野《あずみの》穂高《ほたか》バス停着。燕岳《つばくろだけ》は過去に二度登って、一度は登頂もしたけれど、ソロハイクで来るのは初めてだった。そもそもこれまで、ひとりで山に登ったことはほとんどなかった。夏山に登る計画を立て始めたとき、誘いたい人の顔を思い浮かべては消しているうちに、もしかするとこれはソロハイクを試してみるいい機会なのではと思いついた。どっちみち陰と陽の自分に振り回されて生きるなら、やってみたかったことはとにかくどんどんやってみようという気持ちになっていた。

穂高駅前のバス停から乗り合いバスで中房《なかぶさ》温泉登山口まで、一時間ほど。登山届を出して、おにぎりを二つ食べて、六時四五分から歩き始めた。合戦小屋で名物のすいかと、残っていたおにぎりひとつ食べる。食べているうちに霧雨が降りだして、みんな雨具を着た。私も着た。最後の登りを歩きだすと、くだってくるおじさんが余裕の表情で「降っちゃいましたねえ」と声をかけてきた。

深い、いい声のおじさんだった。私は笑った。

正午近くに燕山荘《えんざんそう》に着いた。景色は真っ白で何も見えない。喫茶室でビールとおでんを頼んで、本を読みながらほくほくと飲んで食べた。夕飯は一七時からで、ハンバーグが出た。とても美味しくて、完食できた。食べているあいだ、山荘の主人の赤沼さんが山の話をしてくださる。「みなさんほとんど、目的はピークハント。でもそれだけじゃなくて、ひとつでいいから何か見つけて、感性を磨いていってください」と。「そうです！」と私は立ち上がって叫びたかった。数日前までコロナに罹《かか》っていたらしい赤沼さんは「もう咳も出なくなったから」と、アルプホルンも吹いてくださる。

自分の寝床に戻ると、涙が唐突に溢れてきた。なんて真っ当な人がここにはいるんだろう。なぜこの真っ当さが、もっと伝わっていかないんだろう。わけのわからない歓びと悔しさが同時にあふれて、泣き声を噛み殺すのに苦労するほど泣いてしまった。すこし眠って真夜中に起きると吐き気があって、軽い高山病にかかっていた。前にもこうなったことがあるので、慌てずにトイレに行って吐いた。吐いたあとはすっきりして、よく眠れた。外では強い風の吹いている音。

8月10日

五時頃に目覚める。遅れていた生理が、いまかよという感じで来ている。登りきるまで堪えてくれたから、まあよしとするか。風はやんでいて、景色はまだ白い靄《もや》に包まれたままだったけれど、東側の窓にはたまに明るい光がさーっと射して、山荘はそのたびにざわついた。五時五〇分から朝食。ゆっくりゆっくり食べたけれど、食欲がぜんぜんなくて、ソーセージと焼き鮭を残してしまった。

昨日と同じ六時四五分から歩き始める。山を覆っている雲の粒子が、かなり早いスピードで動いているのがわかる。たまに太陽の光が強くなって霞《かすみ》が途切れると、頭上高くに青い空が見える。見えるたびに私は「おーっ、きたきた!」と自分に言う。

ソロハイクを初めてやってみてわかったことは、歩くペースや体力やメンタルはひとりだからといって崩れたりはしないこと、違うのはこういう瞬間的な歓喜をシェアする相手がいないことだけで、ただただそれがすこしさびしいということだった。それでも、すれ違う人たちも同じ歓喜を共有しているのがわかるから、ひとりで感受している感じにはならない。あとすこしで向こうの稜線が見えそうになっているのを、私と同じように、みんなが嬉しがっている。山というのは、ほんとうに優しい場所。

明日が山の日で休日の前の日だからか、大勢の人が登ってくる。山ですれ違う人に挨拶するのは好きだから問題ないけれど、すれ違うのを待つだけでけっこうな時間をロスしている。第一ベンチまで下ると、さすがに登りの人はいなくなった。半分くらい下ったところで右膝の脇に痛みが出てきて、最後は右膝を庇いながらほとんど左足の筋肉だけで下りた。やっぱり日頃の運動が足りなすぎる。

一二時半に中房温泉を出るバスに乗って穂高駅に一三時半に着くと、松本行きは五分前に出てしまったところだった。駅の待合室のベンチでひたすら待って、一四時四三分発の電車に乗った。松本駅でお弁当とビールとお土産を買って、あずさ44号。ものすごくお腹が減っていて、ビールもお弁当も発車する前にあけた。

運転しない日々

8月11日

ぱんぱんにむくんだ足のまま、ミマルさんのところへ、ぺろの様子を見に出かけた。爪切り、トイレチップの入れ替えなど。夕方、ミマルさんの車に初心者マークをつけて、嫌がるミマルさんを説得して助手席に乗せ、私が運転しても利く保険に入っていることを確認して、近所の公園まで運転した。公園は暑すぎた。

8月12日

ミマルさんの車で、今度は近所の大型スーパーまで運転した。ミマルさんの買いものに付き合って、そこから運転をかわり、駅まで送ってもらって帰ってきた。電車の中で、私の座った席の前に立った男の子が、自分がミッション車の急ブレーキ操作をいかにうまくできたかを連れの女の子に話していた。「マニュアル」じゃなく「ミッション」と、男の子は何度も嬉しそうに口にだした。

詩を一篇、電車の中で書いた。燕山荘の詩。帰って、仕上げて、Y新聞のMさんに送った。

8月13日

日記ワークショップ第三回。以前体験した永井玲衣さんの哲学対話を、見よう見まねでやってみた。問いは「人と深い仲になるにはどうしたらいい?」に決まった。とてもいい問いだと思った（問いに「わるい問い」というのは存在しないのかもしれないけれど）。ファシリテーターとしてはちょっと自分の話をしすぎた気もする、でも概《おおむ》ねうまくいったと思う。

終了後、参加者のみなさんがサプライズで誕生日を祝ってくれた。そういうことはもう自分の人生には起こらないと思っていた。とても嬉しかった。ケーキのかわりのハーゲンダッツマカダミアナッツ味（みんなはピノ）を急いで食べる。集合写真も撮ってもらう。そのままアメリカンチャイニーズのお店に流れてごはんを食べて、解散してからK本さんに案内してもらって日記屋月日を訪ねた。『違国日記』五巻を（まだ一〜四巻は買ってないし読んでないけど）

買う。書店〈B&B〉にも寄る。

それからマティス展を観るため上野まで移動した。移動するあいだずっと、雨が降ったりやんだりして、湿度がとても高かった。美術館で待ち合わせしていたかよちゃんが「ハッピーバースデー！」と言いながら登場して、花束をくれた。きょう二度目のサプライズ。展覧会はとても混んでいる。

かよちゃんが予約してくれていた東中野の西欧料理の店でラム肉のごちそうを食べて、大久保で二時間カラオケして、くたくたになって帰ってきた。ワークショップは仕事だったはずなのに、夏休みの一日って感じだった。

出会っても出会っても、歳をとればとるほど、自分のことをどこから話せばいいかわからない感じになっていくのだろう。だから深い関係がほしいのかもしれない。だから日記なんか書くのかもしれない。こんなにしあわせものなので、まだほしいものがある自分を、信じられないほど欲深いと思うけれど、どうしようもない。

台風七号が近づいている。

8月14日

英訳詩集『Noisy Animal』の荷造り作業。完全に夏バテの身体を無理やり動かす。

8月15日

荷物を出したついでに蔦屋書店に寄ったら『違国日記』がずらりとあって、電子書籍でいいやと思っていたのにけっきょく誘惑に抗えずに紙の本で一巻から四巻まで買ってしまった。読みはじめたら止まらなくなった。大傑作だった、もっと早く読めばよかった。しばらく前から私はパートナーほしいほしい病に罹っているが、ほんとうはひとり暮らしがいちばん性に合っているのではないか、いまの状態がいちばんしあわせなのではないかという疑念が頭をもたげてくる。完全に槙生に感情移入してしまっている。

夕方、奥能登国際芸術祭で上演する朗読劇「うつつ・ふる・すず」の原稿をやっと仕上げて送る。演出の長塚圭史さんから「脱稿おめでとうございます！」と返信が来る。

8月16日

午前一一時、KAAT神奈川芸術劇場へ。楽屋口から入り、警備員さんに指示された階までエレベーターで上ると、ちょうどドアがひらいたところにM井さんがいて、大スタジオに案内してもらった。なかでは写真撮影がおこなわれていて、私の顔を見た長塚さんが「あっ、そうかそうか!」と私がここに来た理由に気づいて頷いている。KAATではたらくひとたちの集合写真の撮影がひととおり済んだところで、私は写真家の浅田政志さんに紹介していただいて、挨拶した。

浅田さんとM井さんとN野さんと私の四人でお蕎麦を食べて、それから煙草の吸える駅地下のカフェに移動してすこし話した。M井さんたちが気を利かせてセッティングしてくれた顔合わせの機会。私のとんちんかんな質問にも、浅田さんはがんばって答えてくださる。

午後四時から日本大通り駅直結のカフェでK藤木さんと別件の打ち合わせをすることになっていたので、それまでKAATのロビーで時間をつぶしながら仕事をした。いまさっき聞いた話を整理して、九月に浅田さんの写真展のなかでするパフォーマンスの構想を練った。練るというか、ぼろぼろ並べて転がしてみるというか。

K藤木さんとの打ち合わせは愉しかった。私はナツコイという期間限定のフレーバーティーのホット、K藤木さんはアイスココアを飲んだ。カルディに寄って帰ってきて、夕飯はトマト缶をあけてショートパスタを茹で、トマトソースパスタを作った。食べながら、U-NEXTで『浅田家!』を観た。さっき挨拶したひとを、二宮くんが演じていた。

8月17日

先月までの交通費のメモと、机の上に山盛りにとっちらかっていたレシートの整理をして、確定申告のアプリに記入する作業。それだけで半日かかって疲れてしまい、あとはぼやぼや過ごした。夕方、〈コ本や〉に送る荷物を出しにセブンイレブンまで歩いていって、ビールとアイスコーヒーとキウイ味のアイスキャンデーを買って帰ってきた。夜は昨日カルディで買ってきた豚トロスモークハムとグリーンオリーブを出して、台湾風おこわをチンして、おつまみみたいな夕飯で済ませた。

8月18日

執筆の日。あまり進まず。お昼は近所のパン屋の手作りチキンバーガーを買ってきて食べた。パン屋のレジの機械の調子がわるく、列がなかなか進まなかった。このパン屋のパンはとてもおいしいのだけれど、行くたびに何かしらこういうことがあって、狭い店内で店員さんがいつもわちゃわちゃぴりぴりしていて、あまり雰囲気がよくない。お客さんのほうが優しくて、呆れながら見守っているという感じ。レジ打ちのバイトの子が行くたびに入れ替わっている。
夕飯はショートパスタとトマトソースと挽肉の残りでてきとうに作ったミートボールパスタふうのものと、キムチ、ビール。ヴィーニョ・ヴェルデもすこし飲む（これもカルディで買ったもの）。『違国日記』六巻と七巻を電子版で買って読む。

8月19日

昼間は定期案件とメールの返信。ちゃんと夕飯を作りたくなり、台湾料理のレシピ本を出してきて、スーパーで材料を買ってきて、よだれ鶏を作った。晩酌にビールとヴィーニョ・ヴェルデ。小説のアイデアが浮かんで、飲みながらすこし書いた。近いほうのしめきりの原稿が全然進んでいない。これまでも何とかなってきたから何とかなるだろうと、たかをくくってしまっている。

8月20日

シネコヤで『アフターサン』観る。薄い層を何枚も何枚も重ねて、それが溶けていくのを見ているような映画だった。忘れてしまうことばかりだった。スクリーンのそこらじゅうに、濃い死の匂いが漂っている。私たちが死ななくても、私たちの関係が毎日死ぬこと。だから記録すること。記録には何も映っていないこと。とどめようと足掻いた事実だけが再生されること。帰ってきたら午後だった。おやつのような時間に、納豆キムチ炒飯を作って食べた。夕飯は冷麵。

8月21日

「うつつ・ふる・すず」のチケットが午前九時から発売されて、どれどれとPeatixを覗いてみたら、二時間も経たないうちに完売していた。ひゃ〜と思う、たいへんなことだと思う、これは。去年はスタッフのみんなが一所懸命チケットを売りさばいてくれて、観たひとが口コミで広めてくれて、朗読劇は「珠洲の夜の夢」というタイトルで、ほんとうに夢のように、毎回いつのまにか満席になった。仕込みからバラしまで、体験したことのない愉しさに毎日地に足がつかないような感じになっていて、帰りの飛行機を降りたとき、いま夢から醒めるのだ、きっと何かかわるいことが起きるはずだ、家に帰るまで気を引き締めて歩かなくてはと思ったのを憶えている。今年はどんなことになるのだろう。否が応でも、ひと月後にやってくる珠洲の日々のことを考えてしまう。たのしみなような、恐ろしいような。

夕飯はトマトと卵の炒めもの、きゅうりと実山椒の塩もみ、五穀米いりごはん。

8月22日

「うつつ・ふる・すず」本読み稽古のため、五反田へ。今回参加してくださる珠洲の出演者たちとオンラインで繋いで、自己紹介から始める。みんなで二時間、ぎゅっと集中してやる。

そのまま続行して演出プランミーティングに突入していくチームのメンバーを残して四時過ぎに私は出て、お昼を抜いてしまったので、五反田の大戸屋に駆けこんで焼き鳥重のようなものをささーと食べ、銀座へ移動して、来年の春に依頼されているワークショップの打ち合わせへ。五反田も銀座も、歩いているると思いだされてくる記憶や場所がある。配給会社の大きな建物や、よく入ったスタバや、映画館や試写室。ここで働いていたんだなあ、この街で、と思う。

8月23日

仕事の打ち合わせという名の、二〇年ぶりの再会。

私たちは中学高校の同級生だった、最後に会ったのは大学生のときだった。久保田祐佳ちゃんはその後りっぱなアナウンサーになって、ニュースも読んだし、有名なタレントさんたちと何度もテレビに映った。その祐佳ちゃんが仕事のことでメールをくれたのが、二週間前。きょう、私たちは辻堂のカフェで会った。会ってしまったら、二〇年という時間は一瞬で溶けて、私たちは高校生だった。祐佳ちゃんが「ちゃきと小説を交換したの思いだして……憶えてる？」と言いながらすこし泣いて、私ももらい泣きした。その私の書いた、稚拙も稚拙な小説の主人公の名前まで祐佳ちゃんが憶えているものだから、さすがに恥ずかしかった。

仕事の打ち合わせをざくざくして、最後にラインのアカウントを交換した。前回会ったときにはまだ、ラインというものはこの世に存在していなかった。星占いの世界ではいまいろんな星が逆行しているらしく、何を読んでも「過去から甦るものが……」と書いてあったのを、いまさらのように思いだす。

祐佳ちゃんと別れたあと、これから仕事で東京へ向かうというL子さんに駅ビルで会い、免許合宿のあいだ預かってもらっていたビカクシダの株を受け取って、お礼を言った。

帰ってきて、定期案件。

8月24日

午前中、なんとなく冷房をつけずに過ごして、汗だくになりながら本の原稿をまとめた。疲れてしまって、午後は仕事にならず。身体をずるずる引きずって洗濯物を干し、自転車でスーパーへ買いものに行く。

夕飯はゆで鶏ときゅうりセロリの塩もみのせ冷麺、ビール（この夏は三度うちで冷麺をやった。結論、冷麺はお店で食べたほうがおいしい）。Netflixで「LIGHTHOUSE」観る。

8月25日

午後、スタバで不定期案件の執筆作業。出かけるときにポストを見たら

『palmstories あなた』の著者見本が届いていたから、それも鞄に入れて出た。スタバでぱらぱら確認して、インスタグラムに宣伝を載せた。午後六時半頃、帰り道はもうそんなに暑くなくて、そろそろウォーキングを再開したいなと思う（秋にまた山に登る予定もあるし）。

日記ワークショップの参加者さんたちの、書けなくなっているひとたちのことを考える。何かわるいことを言ってしまったかなとか、ここで発表しないだけで他のどこかで書けているならそれでいいんじゃないかとか、別に書けないこと自体わるいことってわけじゃないよとか、どんなふうにアドバイスしたらいいか……とか。

以前、同居していたパートナーにうまく自分の考えを伝えられないことで悩んで、書くことが逃げ場のようになっていた時期があった（彼はすごく効果的に劇的に論理的に喋る術《すべ》を知っているひとだった）。何かを伝えたい相手が目の前にいると遅滞なく喋る必要が生じて、それを頑張ると後で必ず言えなかったことや言わなければよかったことやもっといい言い回しがあったことに思い当たって落ちこんでしまう。書くことはいくらでも読み手を待たせることができるから、焦らずにすむ。大学で教えるようになって、徐々にあまり聞き手の反応を気にせずに喋ることができるようになったけれど、そのことが何かのセンサーを鈍らせたり切り捨てることになっていたら嫌だなと思う（でもまあ、なっているのだろう）。

夕飯、茄子の揚げだし、ささみのハーブマリネ焼き、五穀米いりごはん、金麦。食べながら「LIGHTHOUSE」の続きを観た。

8月26日

午前中に書きかけの不定期案件を仕上げてメールで送ったら、あとは一日休んでも大丈夫そうだった。夕方、鞄に本を何冊もいれて、すこし暑さがましになったのを見計らって散歩に出て、海辺経由で行きつけのカフェまで歩いた。途中で雨がぽつぽつ降りだしたと思ったらすぐ本降りのスコールになり、ちょうどそこでカフェに着いた。大きな窓に面した席をとって、ざくざく降る雨を眺めながら読書（うれしい）。テラス席に取り残された犬連れの夫婦がひと組、シェードの隙間から漏れてくる雨をテーブルと椅子ごとじりじり避けながら粘っている。

8月27日

日記ワークショップ第四回。開始前、ボーナストラックのお粥やさんに行くのをやめて、東口から出てコメダ珈琲のモーニングにしてみる（珈琲館はワークショップ参加者のウメヤさんが朝活で利用していると書いていたので遠慮）。前回の哲学対話がおおむね好評だったので、もう一度だけやってみることにして、芍薬アカデミーさんの出してくれた問い「怒りはどこからわいてくる？」について対話した。

終了後、有志のみんなと下北沢駅のドイツビールの店に移動して、薄いピザやポテトフライのランチ。ビールも飲む。それからさらに有志のみんなと江戸川橋まで移動して、コ本やに遊びにいった。中野重治『本とつきあう法』（古本・一八〇〇円）買う。神楽坂まで歩いて〈ラカグ〉のカフェでソフトクリームを食べて、かもめブックスにも寄って私は探していた町田康『口訳 古事記』（新刊・二六四〇円）を首尾よくみつけて買って、山羊さんの行きつけのバーにひさ乃さんと連れていってもらった。坂下のロイヤルホストが二〇年前と同じ姿で亡霊のようにまだあって、戦慄した。

「東京の良いバー」は、ここ数ヶ月私が欲し続けていた空間だった。青唐辛子と塩グレープフルーツのお酒を頼んだら辛すぎて最高で、でもほんとうに辛すぎて飲めなくて、山羊さんとひさ乃さんに助けてもらって飲んで、最高だった。詩を書きはじめて間もないふたりと詩について喋ることは、とても嬉しいことだった。慕ってもらうこと、それは気恥ずかしく嬉しくて、生きているからきっといつか裏切ってしまうんだろうけど、そのときは、とことん誠実に裏切れたらいいなと思う。

8月28日

家仕事の日。ほとんどなにもできなかった。夕飯はスーパーのお寿司、きゅうりとセロリと黒オリーブの塩もみサラダ、カマンベールチーズ。食べながら「LIGHTHOUSE」を最後まで観る。ドッキリ番組を観るのが苦手だと若林正恭が言い出して、私もそうだったし、その話で同意してくれるひとに出会えたことがなかったから、救われる心地がした。

8月29日

家仕事の日。珠洲でひらくワークショップの手順の洗い出し。集中して執筆するところまでなかなか気持ちをもっていけなくて、事務仕事ばかりしている。涼しくなるのを身体が待っている。

夕方、海辺をぐるっと散歩した。月がとても大きかった。月がとても大きいということをラインでYに伝えた。すぐに返事がきた。満月はあさって。その次の満月の頃にはYと一週間の旅をすることになっていて、私はその予定を待ちわびている自分が怖い。旅のあと、自分がうまくひとりに戻れる気がぜんぜんしない。私がYにその旅を提案したのは、春、私たちが恋人としてつきあってみた短い期間が終わる頃だった。彼が断らないのをいいことに私は旅の計画を温め続けているけれど、そんなに長い旅をふたりでする理由がとっくに失われていることも、自分がそのことから目を背けようとしているのも、底のほうではわかっている。早く旅に出て、帰ってきてしまいたいと思っている。

Yの文面はどこまでも平然としていて、その明らかな熱量の違いに私はいらいらし続けていて、この苛立ちがまったくYに伝わっていないことで、死にそうになっている。

8月30日

家仕事の日。来月のパフォーマンス用の原稿が、やっとほぼほぼ出来上がる。KAAT神奈川芸術劇場の、浅田政志さんの写真展の展示空間でおこなうパフォーマンス。どういう言葉なら浅田さんのパワフルな写真たちに拮抗できるのか、いろいろ考えたけどなかなかまとまらず、めちゃくちゃ難儀してしまった。難しさのなかには、浅田さんと私がそれぞれ芸術家として発しているテンションの圧倒的な違いをどう乗り越えるかということがあって、それは愉快な悩みではあったけど、やはり何度かこの仕事を引き受けたことを愕然と後悔するくらいには悩ましかった。
昼、揚げ茄子とゆで豚のせうどん。
夕飯は回鍋肉、五島三菜のハリハリ漬け、ごはん、カマンベールチーズ、缶ビール、缶ハイボール。

8月31日

大きな満月を浴びてしまった。めずらしく眠れなくなる。

9月1日

柿の木坂にある葛西さんのスタジオで缶詰めになる日。サウンドエンジニアの葛西さんとギタリストの石塚くんと池尻大橋で待ちあわせて、二度目の〈ピキヌー〉で昼ごはん。またカントリーカレーを頼んでしまう。汗だくになってスタジオまで炎天下を歩き、途中で恒例の〈オニバスコーヒー〉に寄ってアイスラテをテイクアウトした。ふと気がつくと、ギターや機材を重そうに抱えた石塚くんが熱中症一歩手前のやばい感じでふらふらになっていて、葛西さんが慌てて機材をひとつ剝がして、自転車の前かごに移動させた。

スタジオに着くとイトケンさんがもう来ていて、さっそく作業に取りかかる。音を出しながら、その場でアイデアも出しあってあれこれと策を練り、三〇分間のパフォーマンスの構成を組み立てていった。このメンバーでスタジオに集まるのは何度目だろう、なかなか合わない予定を合わせて定期的に集まっているけれど、今回みたいに明確なパフォーマンスの予定があると、スタジオ制作も生産的になって愉しい。

途中でみんなでコンビニへ出かけて、葛西さんとイトケンさんと私は仲良く揃ってコンビニのナポリタンを買ってきてスタジオで食べた。いろいろ録音して、並べたり重ねたり加工してみたりしているうちに、時間は溶けて夜九時になっていた。石塚くんと葛西さんと三人で、学芸大学駅の韓国料理の屋台風居酒屋で一杯飲んだ。頼んだのはキムチ、サムギョプサル、スンドゥブ（これは葛西さんがひとりで食べる）、トッポギ、ビール、マッコリ。

9月2日

浅田政志展の内覧会へ。展示空間の写真を昨日のメンバーに送って情報共有する。その後、中華街で浅田さんを囲む食事会にも参加した。横浜写真を再現するための着彩をデジタルで手がけたチームや、ウェブ担当の方や、高名な現代美術作家も来ていた。どさくさにまぎれて浅田さんにサインをもらった。浅田さんは何を書くかすごく迷って、私に「(大崎さんがやってることは)五七五じゃないんですよね、短歌とかは関係ないんですよね」と訊いた。私は「はい、口語自由詩なので」と真面目に答える。そしたら浅田さんは「わけわかんないものになっちゃった」と言いながらも、カメラの絵と、浅田さんなりの詩を書いてくださり、そこには「明日、鏡を見るならば/今、見る写真をしげしげと」と書いてあった。とても嬉しかった。

中華料理はぜんぶ美味しくて最高だった。私はビールからレモンサワーを経てハイボールに移行していい感じに酔っていて、「また一八日にー」とみんなに手を振って帰った。(そういえば浅田さんはお酒が飲めないって言ってたな)と、帰り際に浅田さんの顔を見て思いだした。

9月3日

写真家の伊藤明日香さんの個展を見るために、渋谷の〈JINNAN HOUSE〉

まで出かけた。二日連続で写真展を見ることになり、どちらも家族を大きなテーマとして持っている写真展で、だけどふたつは雰囲気も被写体の表情も撮る人の企みも、何もかもが違っている。

展示会場と繋がった空間にあるカフェでアイスのほうじ茶ラテを飲んで、帰ってきた。

夕飯はデパートで買ったアジフライ弁当と、缶ビール。

9月4日

午前中、ユリイカの投稿作がどさっと届く。この選評の仕事も、今回を含めてあと三回。川上未映子『黄色い家』読了。分厚い本だったけれど、最後は家で晩酌しながら一気読み。「アンメルツヨコヨコ」のくだりがなぜか胸に残った(どうやって翻訳するんだろうな〜あれ)。

晩酌は五島三菜のハリハリ漬け、ゆで卵、種なし巨峰、かっぱえびせん、缶ビール。

9月5日

午前中、かかりつけの歯科医で、三ヶ月に一度の定期検診。ずっと担当してくださっていた衛生士さんが来月で退職するらしく、私の担当は今日が最後だというので、いつもよりすこし力を込めて「ありがとうございました」と言う。子どもの頃から、歯というか口内のことにはえんえん悩まされ続けてきた。定期検診するようになって、それがぴたりとなくなった。やることにしてほんとうによかった。

午後はユリイカの投稿作の下読みをひたすらする。

夕飯、鶏むね肉のレモンバターソテー、キャベツの南蛮漬け、缶ビール。

9月6日

朝、バナナにヨーグルトとはちみつをかけたの。コーヒーを熱いまま最後まで飲んでいる自分をみて、季節の変わり目なんだなと思う。まだ空調をいれないと仕事にならないけれど、秋なのだ。

仕事前にちょっとと思って、夫婦で国立《くにたち》で台形という料理店を営む伏木庸平さんの本『台形日誌』(五月に版元から贈っていただいてあった)を読み返していたらむしょうに食欲がわいて、本のなかのレシピで干しエビのお粥を作り、長ねぎのナムルを山盛りのせて、汗だくになって食べた(両目からも汗が出てびっくりした)。

選評を書いて、すこし読書。

夜になって、珠洲チームのイベントやボランティア関連の連絡がわやわやと飛びかう。制作イトウくんがThreadsに「さあさあ盛り上がってまいりました」と書いていて、私はにやにやするなど。

9月7日

家仕事の日。メールをいくつか返す。年間スケジュール的に致し方ないとはいえ、いろいろな講評の仕事が立て続けにあって、自分の作品を書く時間(というより精神的な余裕)がないことが地味にずーんと偏頭痛的に辛くなっている。依頼された(ちゃんとギャラの出る)仕事のありがたさとこの辛さを、うまく並べることができない。

一方で珠洲チームとの仕事の愉しさが私を完全に陽にしてしまうこと、これはもうわかりきったことなので、陰に落ちたときのセーフティネットを何か編みだしておくべきだ。とにかく部屋を出て歩くのが、いまのところいちばん効く。陰のときの自分が書いたメモはあとで見るとほんとうにびっくりするほど激しい呪詛になっていて、今朝はそれを、誰にもぶつけずに済んだことにほっとして消去したりした。

ひとりの自分の機嫌には陰と陽があること、陰がきてもそれは長くは続かないこと、だからできるだけそっとその時間が溶けるのを待つこと。ちゃんと把握して、もっと慣れたい。

午後遅く、海へ散歩に出たら雨が降りだしたから、途中で道を省略・変更して、ローソンでビールを買って帰ってきた。明日は台風13号が来るらしい。

夜、Yと電話ですこし話した。今度の旅の計画について。Yがいま住み込みの仕事のために、家族みたいに暮らしをともにしているひとについて。その暮らしが始まった頃から彼の調子は明らかに上向いていて、私は嫉妬よりも先に、よかったねと思ってしまう。私がYにうまく見せられなかった芸術や仕事や人間の愛しかたを、何より、自分の愛しかたを、彼はそのひとに学んでいるようにみえる。その優しい喜びが、Yの口調から伝わってくる。それはよいことであるはずだと思おうとして、くるしくなった。すこしと思って話していたのに、通話を切ると一時間ちかく経っていた。

9月8日

明け方から風雨。レインウェアを着て、台風のなかをヘアサロンまで歩いていった。髪は、しばらく伸ばそうかと思っていたけれどやめて、短く切った。センター分けの前髪に憧れる。でも私の頭部は右がぼこっと出っぱっていて、いい感じのセンター分けにもっていくのが難しい。A美さんといろいろ話して、分けかたを考案してもらった。

昨日の電話があとを引いていて、ほとんど仕事にならず。

9月9日

ワークショップ参加者のみんなの日記を読んでいた。みんなの日記が好きすぎる。もういまでは、それぞれの文体が、ほんとうに身体として感じられる。それは私がひとりひとりの顔と声に少しずつ馴染んできたからなのか、たとえ一度も会わずにここまで進めたとしても同じように感じられるか考えて、いやー感じられないだろうなと思った。みんなもきっと、あの対話の時間を経ていなければ、同じようには書いていないだろう。ここで「みんな」と書くことの暴力はわかっているけれど、いまはそれでも「みんな」と書きたい。そういうふうにみんなのことを私はもう愛してしまってるなーと思う。書けていないひとたちのことを案じているし、みもさんが明日どれくらいぎりぎりのタイミングで日記を更新するのかわくわくしてしまっている。かえすがえすも、たいへんなワークショップを引き受けてしまった。あまり書くと明日喋ることがなくなりそうだからこのへんでやめよう。

9月10日

日記ワークショップ最終回。「日記をつけた三ヶ月」をテーマに、集まった一一人の参加者と、K本さんとH木さんと私とで、連詩を作った。これまで書いてきた厖大なことばの蓄積があるから、発想の引き出しをみんなたくさん持った状態になっていて、ほかのひとの日記からの引用もどんどん飛び出して、私の予想を遥かに超えて、ものすごくシャープでスリリングな連詩になった。

お昼ごはんも食べずに梅屋敷へ向かって、葉々社の小谷さんに『Noisy Animal』を納品して、『樹に聴く』という本を買った。

9月11日

昨日の連詩を書き起こしたデータを、日記屋月日のH木さんに送った。夏と冬に定点で引き受けている通信教育の添削の仕事を進めた。来年度は断ろうかと考える。明日から大学の授業が始まる。

9月12日

授業前に大学の図書館に寄ったら『暮しの手帖』のバックナンバーがあって、「特集・人間らしい暮らしって？」というのが気になってぱらぱら見ていたら編みもののページがあって、そうだ、この冬も編みものをやろうと思い立って、その数ページをまるごとフルカラーでコピーした。清潔な図書館の空間で、雑誌の書架のあいだをうろついてそのコピーの作業をしているとき、自分でもわけがわからないのだけれど、なぜかぐんぐん前向きな気持ちになっていった。図書館で元気になっちゃっているというのが、とりもなおさず私らしい。ひとりの暮らしを、もっともっと愉しめるような気がしてきた。さあこれからだ、という気がしてきた。

夜、通信教育の添削の仕事がぶじ片付き、ほっとする。

9月13日

六時台に目が醒めて、窓を開けたら涼しかったから、いつも夕方にする海までの散歩を、いますることにした。歩いているうちにじりじり暑くなってきたけれど、汗をかくのが気持ちよかった。サーファーがたくさん海に出ていた。遠浅になった瀬まで行って、サンダルのまま水に入った。そうしたい気分だった。この浜の水に入るのはいつぶりだかわからない。昨日うまれた前向きな気持ちがひたひたと続いていて、たっぷり満ちている感じがした。たぶんこれから一〇年単位で変わっていく自分の、節目のところにいるような感じがした。

9月18日

一日のあいだに、信じられないくらいいろんなことが起きた。

朝九時にKAATに楽屋入りしてコンビニのもので朝食をすませ、ぱぱぱっとリハーサルして、メンバー（葛西さん、石塚くん、イトケンさん）とお蕎麦の昼ごはんを食べ、港の真っ青な海を見にいって暑すぎてすぐ退散して、ドトールに寄ってタピオカミルクティーを買って、楽屋に戻ってくるともう開演三〇分前だった。衣装としてもってきたワンピースに着替えたところへKAATのS藤さんが来てちょっと話して、ヘッドセットをつけたらあれよあれよとパフォーマンスの時間がきて、私たちは舞台に立った。

時間のないなかで葛西さんが長年培ってきた勘も駆使して組んでくれたいろんなセッティングはすごくうまくいって、一度目も二度目も、ほんとうに上出来のパフォーマンスになった。お客さまもたくさん入ってくださった。

舞台を終えるとすぐ、楽屋と同じフロアで別件の打ち合わせがあって、私は一年がかりの大きな仕事をひとつ、「光栄です……」と言いながら引き受けていた。私の本を三週間かけてすべて読んだという依頼主は心底ほっとした表情をみせて、「ああよかった、あなたしかいないと思った、これで肩の荷がおりた」と言ってくださった。現実感がまったくないまま、新しい仕事が始まった。

楽屋に戻ると午後五時近くなっていて、N野さんが私たちメンバー全員を引き連れて、中華街の名店へ案内してくれた。私は疲れ果てていて、二時間も経たないうちに、N野さんに謝って中座した。メンバーもみんな、同じタイミングで帰ることになった。

店でまだレモンサワーを飲んでいるとき、Yから一週間ぶりに連絡がきていた。一ミリの悪気もなく書かれたその文面は、私を深く傷つけ、怒らせて、しばらく時間をおいても許すことはできなかった。怒りをそのまま言葉にして、電車のなかで返信した。「ばかにしないで」と私は書いた。

へっとへとで帰ってシャワーを浴びたところへ、電話がかかってきた。私たちは静かに静かに、お互いに声を荒らげることもほとんどないまま、二時間ちかく話した。Yが、私と一緒に旅をするのはやめると言って、私はその決断が受け入れられず、文字通り、のたうちまわった。みにくく抵抗して、結論を翌日に引き延ばした。でも会話のなかで、Yの考えはきちんと説明されていた。それはけっきょく、私にもとてもよく理解できる、納得できるものだった。旅は手放すべきだった。

電話を切ったときには、これまでのすべてのことが腑に落ちていた。この数ヶ月間の私の苛立ちの原因も、よくわかった。眠れなかった。こんなに眠れない夜も、めずらしかった。どうしてこんな人に出会ったんだろう。どうしてこんな人に、私はひかれるんだろう。

9月19日

目が覚めたときには、ああもう諦めるしかないんだなという気持ちになっていた。怒りをぶつけたことには後悔していなかったし、あの長いくすぶるような苛立ちを抱えたまま一緒に一週間も旅先で過ごすなんて、最初からどう考えても無理な話だったと素直に思えた。旅先の地が、私の辛い思い出の場所にならなかったことが救いだった。関係に区切りをつけるような長いメッセージがYから届き、私は短く返事した。会うのをやめたのは彼なのに、その言葉は私との関係を断ち切るどころか、むしろそれが更新されて続くことをまったく疑っていないようだった。私はとても混乱していて、空白が必要だった。

ほかに何もできなかったから、予約していた旅程をキャンセルしたり逆に手配を頼んだり人数変更したりする連絡をひとつとおり済ませた。あっけないものだった。食べものが喉を通らなくて、何も食べないままとにかく大学へ向かった。昨日いちにちぶんの身体の疲れと神経衰弱で、血の気が引いているのがわかった。ウィダーインの鉄分のやつを飲んで、なんとかしのいだ。授業中に倒れてもおかしくないなと思った。

ところが、教壇に立って、大きな声で喋っていたら、なんだかめきめき元気になってきた。目を輝かせて、私の言葉をぐんぐん吸いこんで、活発に授業に参加してくれる学生たちがそこにはいて、この仕事をやっていてほんとうによかったと思える瞬間が何度もあった。学生たちの発するエネルギーをダイレクトにチューブで接続されて受け取るような感じで、私は半日生かされていた。

帰りの電車の中で、昨日怒ってしまったことを謝るラインを送った。今度はYから、短い返事が来た。もしも今度Yに会う日が来るとしたら、それは私がちゃんと自足して、自分の生活に満足しているときでないとだめだと思う。自分への戒めとして、それをここに書いておく。そうでなければ、きっとまた執着して、依存して、それを愛と勘違いしてしまうのだ。

9月20日

夜、まちこちゃんに電話して、月曜から火曜にかけてあったことについて、洗いざらいぜんぶの話を聞いてもらった。まちこちゃんという友達がいることが、心の底からありがたかった。年が明けたら一緒に旅行する約束をして、電話を切った。

珠《す》洲《ず》へ

9月27日

珠洲、一日目。

羽田からの午前便で、今年三度目ののと里山空港に降りる。迎えにきてくれたミカミさんの車に乗り、宿に荷物を置いて、そのまま部屋ですこし仕事。阿部海太郎さんから「大崎さん、いまどこですか」と連絡がきて、私は海太郎さんのレンタカーに同乗してシアター・ミュージアムへ行くことになった。初心者マークを握りしめて珠洲に来た私に、海太郎さんは道の途中で「運転しますか」と促して交代してくださり、私はふるえながらハンドルを握って、カーブの多い峠道をすこしだけ運転させてもらった。坂道に差しかかると、スピードコントロールが覚束ない私の隣から海太郎さんがギアチェンジしてくれて、私は笑ってしまいつつ感謝。

つばき茶屋でお昼を食べていたら、約束していたわけでもないのに朗読劇チームの面々が続々と集まってきた。誰かが「これは集合写真撮ったほうがいいんじゃない⁉」と言いだして、わいわい撮影会が始まった。たまたま居合わせた若者が、機転をきかせて撮影係になってくれた。どこからか色紙が現れ、常盤貴子さんと長塚圭史さんと海太郎さんと私の四人でサインを書いた。それから今回の舞台のイメージ元になったひみつの場所、物語のなかで常盤さん演じる椿の木が立っている設定の場所まで、常盤さんを案内した。私はどきどきしながらも、高校生のとき『愛していると言ってくれ』を観て手話点字同好会を立ち上げたことや、常盤さんがカバーガールになっている雑誌の『ＫＩＭＯＮＯ姫』をいまでも大事に持っていることを、打ち明けてしまった。

雨が降ったりやんだりするなか、テクニカルミーティングが始まり、稽古が始まり、夜が更けるまでいろんな調整が続いた。休憩のとき、ふらふらと外に出たら、外浦の沖に烏賊《いか》釣り船の漁火が見えた。働く光。人間の光だった。

帰りは楓くんが宿まで送ってくれた。去年も全力でサポートしてくれていたのに今年になってその名前をちゃんと憶えた岐阜生まれの楓くん。家族としっかり根を張って珠洲で自分の表現をしようとしている楓くんは、その珠洲に至る道のりを、車を運転しながら、ひとつひとつ話してくれた。

9月28日

珠洲、二日目。
午前中、噂を聞いてずっと行ってみたいと思っていたギャラリー〈舟あそび〉に伺えることになった。ギャラリーのご主人の舟見有加さんと、珠洲焼作家の篠原敬さんに挨拶して、珠洲焼の作品を見せていただいたりしながら、すこし話した。舟見さんは、客人がいま何をしようとしているかすぐに察知して助ける能力をもつ、とても素敵なひとだった。篠原さんは、仏教や茶道や陶芸について私がへんな質問をたくさんしたのに、そのぜんぶに真摯に答えてくださった。今年に入ってから、私は急に茶や焼きものや禅の世界が気になりだし、それは惹かれるというよりどちらかというと嫉妬するような感じに近かった。人間の作ったものが、人間の作ったものなのに、言葉なしで平然とそこにあることに、納得がいかないような気持ちになっていた。そうして受けた衝撃をそのまま吐きだすみたいに私は喋ってしまったのに、篠原さんは「言葉は使いますよ、ひとに伝えるためでなく、自分に返すために」と優しく話してくださった。

それから篠原さんの窯とアトリエを見学しに行った。五月の地震のあとに再建が始まった煉瓦作りの窯は、まだ完成していないのに、威厳を深く深くたたえていた。手で触れられていないところがどこにもなかった。私は言葉が出なかった。

町中華の店でタンメンのお昼を食べたあと、作家宿舎へ送ってもらって音響イトウくんの作るSEに協力して〈夜の繁華街の雑踏に混じる飲み屋の呼び込みのお姉さんの声〉、そのまますこし昼寝した。ぐずぐずしていた天気が午後からやっと晴れだして、商店街の〈ホビーつぼの〉に買いものしに行ったら、コーヒーとチョコレートをご馳走になってしまった。買ったのは、この冬やろうと思っている刺し子のための道具。六月に取材させていただいた〈銀座美容室〉にも寄った。一見ひっそりして見えても実は元気な町で、みんな自分の仕事をしている。

夜はプレビュー公演。今回初めて台詞を読む高校生たち、飲み込みが早くて頼もしい。帰りはO垣さんが送ってくださる。

9月29日

珠洲、三日目。

午前中の空き時間にマリア・フェルナンダ・カルドーゾというコロンビア出身のアーティストの作品を見て、それから「うつつ・ふる・すず」プレトークのために〈さいはてのキャバレー〉に向かった。キャバレーも地震で地盤が陥没したと聞いて心配していたけど、きれいに直っていてほっとした。

よく晴れて気持ちよかった。キャバレーの楽屋の裏口を出るとすぐ目の前に内浦の海があって、プレトークが始まるまで、そこでほーっとした。私がひとりで日なたぼっこしているのを見つけて、いつのまにかチームのみんなが集まってきた。昨日お風呂に入る時間がなくて、きょうも入れるか怪しいという話をしたら、芸術祭チームのO石さんが「大崎さん、もう今日から車借りちゃいましょうよ（意＝そうすれば誰も送迎する必要がなくなってフレキシブルに動け、いろいろと丸く収まるんでは）」と言うので、明日から借りるつもりだったけれど、そうすることにした。プレトークが終わるとすぐ、ミカミさんがレンタカー屋さんまで送ってくれて、三菱の赤いかわいい軽自動車を借りた。手続きらしい手続きは免許証のコピーをとられたくらいで、これでいいの⁉と思った（けど、芸術祭チームご用達の店らしく、お店の人もいいひとで安心だった）。

〈ラポルトすず〉の駐車場に車を停めて、〈いろは書店〉のカフェでサンドイッチとコーヒーの昼ごはんにして、ホビーつぼのにまた寄って、飯田町《いいだまち》で見られる芸術祭作品をすこし見た。「私もお風呂入ってないんですよね」と言うかのちゃんを助手席に乗せて、宝立《ほうりゅう》までひとっ風呂浴びに行った。取材のときはずっとかのちゃんに運転してもらっていたから、なんだか嬉しかった。ほかほかになって戻って、飯田町でかのちゃんを降ろして、そこからひとりで大谷《おおたに》へ向かった。あんなに躊躇していた車の運転は、思ったより愉快だった。自分のiPhoneのグーグルマップを車の画面に繋げて、そのまま映してカーナビ代わりにできる機能がとてもべんりだった。途中でSiriに「Hey Siri、なんか音楽かけて」と頼むと、いい感じの音楽をかけてくれた。国道２４９号線を走って、大谷峠をこえて、大谷の公民館まで行った。公民館の駐車場に車をとめたときの達成感!!

夜、初演。上演前のぽっかりした時間に外に出ると、大きな満月が東の森の向こうに見えた。中秋の名月だった。すこし肌寒かったけれど、月を見ながら外浦に面した外の席でお弁当を食べた。シアター・ミュージアムは満席だった。朗読劇が終わる頃、私の座った席からも、泣いているひとの顔が見えた。海太郎さんと長塚圭史さんとのアフタートークで「そういえば、いま初めて言うんですけど、樹木を主人公にした作品を書きたいとずっと思ってたんです」と私は言った。珠洲がそれを、いつのまにか実現させてくれていたのだった。

9月30日

珠洲、四日目。

朝、見附島《みつけじま》まで散歩した。それから、もうすっかり道連れ感の出てきた赤いかわいい車を運転して若山の山道を走り、鈴木泰人さんの展示をみにいった。「音蔵庫」という名前の、古いモノが秘めた音を呟くように奏でる、とてもいい作品だった。鈴木さんはゆったりと在廊していて、質問するとなんでも詳しくていねいに答えてくれた。同じ小学校の校舎内で展示されていた、さまざまな服の布を使って作られた器の展示もよかった。

お昼は木ノ浦の〈cafe cove〉へ行ってみた。大谷と木ノ浦はどちらも外浦で近いと思っていたけど、自分で運転してみるとけっこう遠かった。約束していたわけじゃなかったけれど、今回の作品の取材に協力してくれたY恵ちゃんに会えた。別の席で食べていた女性が、プレトークでみた私の顔を憶えていて、帰り際に声をかけてくださった。こういうことはこれまで海外でしか起こったことがなかったから、とても嬉しかった。ひとりで外浦沿いをドライブして、アレクサンドル・ポノマリョフさんの作品と弓指寛治さんの作品も見た。車はいけない乗りものだと思った。こんなにどこまでも行けてしまって。こんなに人間を甘やかす乗りものがあっていいのか。

公民館に着くと雨が降りだした。悪天候のなか、たくさんのひとが朗読劇を見にきてくださった。大きな時間を行き来する物語を支えてくれた一〇代の女性たちと、椿の木としてどっしり構えて根付いていてくださった常盤貴子さんのパフォーマンスに驚いているうちに、あっというまに終幕になった。レストラン〈潮騒〉で打ち上げ。お酒を飲んで、帰りは衣装メイクチームに送ってもらった。

10月1日

珠洲、五日目。

宝湯別館を早朝にチェックアウトして、完成したばかりのスズ・シアター・ミュージアム分館へ。午前中いっぱいかけて、採話と連詩ワークショップをした。美術家の南条嘉毅さんの企画で、私は講師役。ゲストに海太郎さんと川村清志先生も来てくださる。三人の語り部さんに協力を募って、民具としてミュージアムに寄贈された瓦型やラジオ、形見のレインコートをその場に置いて、文字通りの物語りをしてもらった。

お昼は〈若山の庄〉で牛すじカレー（安くて美味しい！）。食べ終えるとすぐ、珠洲焼応援団主催のゴスペルコンサートへ駆けつけた。夕方の飛行機に乗る海太郎さんとここで別れて、私は作家宿舎に入り、あみだ湯までてくてく歩いていった。帰りもてくてく歩いていると、通りかかったかのちゃんが車に乗せてくれた。珠洲ではこういうことがよく起こる。

夜は〈かつら寿司〉と〈やぶ椿〉、大好きな二軒のお店をはしごして、川村先生の共同研究チームと、昨晩夜中までバラし作業に追われていた制作チームと打ち上げ。私は酔っぱらってしまって、やぶ椿の座敷で壁にもたれてうたたねした。気まぐれに頼んだおろし醤油うどんがとてもおいしくて、でも全部食べきれなくて、みんなに回して食べてもらった。みんなに気づかれないようにすこし早く中座して、ふらふら宿に戻って眠った。

10月2日

珠洲、六日目。

飯田町のカフェ〈二三味《にざみ》珈琲〉で優雅に仕事をしようと思って歩いていったら、お店どころか町全体が休む日だった。図書館も休館日。グーグルマップを片手に彷徨って最終的に〈道の駅すずなり〉に辿り着き、外のパラソル付きのベンチでソーダを飲みながら次の仕事の資料を読んだ。お昼も道の駅のスズ弁にする。これはこれで優雅。

午後はかのちゃんが遊び相手になってくれて、私たちは交代で車を運転して、芸術祭の作品展示を見てまわった。旧《ふる》い保育所の空間をまるごと使ったさわひらきさんの作品は、一日じゅうそこにいて見ていたくなるほどよかった。植松奎二さんの写真には、朗読劇の原稿をかくあいだ私が想像で補い続けた珠洲の風景が写っていた。

イタリアンのお店で一緒に夕飯を食べて、かのちゃんは仕事に戻り、私はサイカイちゃんとやぶ椿で待ちあわせてお酒を飲んだ。サイカイちゃんも去年から朗読劇をサポートしてくれている珠洲チームのひとりで、写真を撮るのがとてもうまい。二〇代のまっただなかを、強く、すこやかに生きているサイカイちゃんの近況を聞いて、私は「いいなーお化け」になった。

10月3日

珠洲、七日目。
朝八時、レンタカー屋さんに無事に車を返して支払いを済ませ、店のおじさんにバス停まで送ってもらって、金沢行きのバスに乗った。金沢では以前から行ってみたかった鈴木大拙館へ。

10月27日

車の免許を取ったのには、いろんな理由があった。すこしまとまったおかねが急に入ったこと。夏の予定がぽっかり空いていたこと。この二年くらいのあいだに出会った魅力的なひとびとが、みんな、車の運転がうまかったこと。
運転できないままでも、それならそれで、たぶん私の人生はわりと円滑に進んでいっただろうと思う。いまも、日常的に車が必要な場面はとくにない。でも、取ってしまった。取れてしまった。友達に車の話をもちだすと、みんながいろんな話をしてくれた。合宿先の自動車学校のごはんがすごくまずかった話。初めて車で出勤した日、汗びっしょりになった話。ETCのしくみがよくわかっていなくて、高い罰金を支払った話。高速道路のなかでも中央自動車道はイイという話。免許を取った直後に事故を起こしてそれっきり乗らなくなった話。

こうして改めて思いだしてみると、やっぱり運転って怖いなあと思う話のほうが多い。でも珠洲で、初めてひとりで路上を運転した。めちゃくちゃたのしかった。レンタカー屋さんに車を返す日の前の夜、セルフではないガソリンスタンドに入って、出てきたおじさんに「ガソリンスタンド、初めてです！」と言った。セルフじゃなくてよかった、もしセルフだったら借りた軽自動車に軽油を入れてしまうところだった。「軽」自動車だからって軽油をいれるわけではないんですね。おじさんが「じゃあ、レギュラー満タンね！」と言ってくれて、私は「はい！」と言った。

奥会津へ

11月3日

あの赤いかわいい軽のレンタカーと優しい田舎道のおかげで運転がどうにもたのしくなってしまった私は、もっと車の旅がしてみたくなり、東北に分け入る夢を叶えるのはいまだと思って、奥会津に去年オープンした〈みみをすます〉というすばらしい名前の農家民泊に泊まってみることにした。

若い夫婦の切り盛りするこの宿のことは、いつかSNS上でYがフォローしていたのを見て知った。でも調べてみると、妻の環さんはこの宿をひらく前、一五年以上も昭和村に暮らして伝統工芸のからむし織りに深く携わっていた方で、私はからむし織りのことは、名前だけはクラタ先生に聞いたことがあった（後日、クラタ先生からのメールに「奥会津に行かれたんですね！しかも環さんのところに」とあり、なんだか輪っかがひとつ閉じるような気持ちよさがあった）。予約のメールをいれたら、おそらく署名から私の経歴を辿ったのであろう夫の八須友磨さんからの返信に「大崎さん、詩人さんなんですね！　僕も詩を書くのが好きで、お会い出来るのが楽しみです！」とあって、私はびっくりして叫んでしまった。詩をかく主人の宿に泊まれるなんて、嬉しすぎた。それは、ここ最近の私が、詩壇のような場所から遠く遠く遠ざかった場所で詩とともに暮らすことを、もっともっとまじめに考えたくなっていたからでもあった。（11月17日記す）

郡山《こおりやま》から会津若松まではよく晴れていて、行楽日和。只見《ただみ》線に乗って車内アナウンスに促されるままに磐梯山《ばんだいさん》を見て満足していたら、そこを過ぎたあたりから急に濃霧になった。夏に燕岳に登ったときにも真っ白な霧で何も見えなかったのを思いだして、呆れてしまう。会津若松に着いたらまた晴れて、ほっとした。日産レンタカーまでてくてく歩いていって、手続きして出発。車種はルークス。エンジンのボタンやフロントの画面は珠洲で乗った車とほぼ同じだった。

ひさ乃さんが事前に教えてくれたつるの湯とか、金山町《かねやままち》までの道のりにぽつぽつ点在する道の駅に寄ってみようとしたのだけれど、三連休の初日でどこも大混雑していて、車を停めて施設に入るか入らないかのところで強烈な（これじゃない……）感があって、早々に退散した。山の上では混雑していてもわりと平気なのに、平地だと観光客に混じって行動することに嫌悪感を感じてしまう。山は、みんなが、誰に命じられたわけでもないのにわざわざ身体を酷使して登って下りる変態プレイの仲間だから、その変態ぶりを共有できてるから、大丈夫なんだろうなと思う。

途中の道ばたで車を停めて只見川沿いの紅葉を撮影したりもしたけれど、午後二時頃には太郎布《たらぶ》集落に着いてしまった。ただの家、という感じに見える宿の入口で、こんにちはーと呼んでも誰もいなくて、何軒か向こうの家の前で薄《すすき》の揺れるのを映像に撮っていた男性に近づき、向こうがこちらに気づくのを待って「このあたりの方ですか?」と尋ねた。

その方は、自分は助産師の夫で、きょうこの家に赤んぼうが産まれたので、記念の映像を撮影している、八須さんたちも赤ちゃんを見に来ているから、呼んできましょうか、と言った。そんなことってある?!と思った。クリスマスみたいな日に来ちゃったなあ、と私は東方の三賢者もかくやという気分になり、それはとてもいい気分だった。だって辺りの空気はすごく静かで、その家のすぐ近所では猫や蜜蜂や鶏が飼われていて、ほんとうに、厩《うまや》で生まれて動物たちも一緒に祝ったキリストの降誕の場面を思いださせたのだ。

玄関先で待っていると、八須夫妻がはいはいーという感じで出てきてくれて、すぐに宿の部屋に案内してくれた。荷物を置いて、お茶をいただきながら居間の本棚を物色していたら、きーちゃんと呼ばれているサバ猫が私の膝に乗ってきて、乗ったまま落ち着いてしまった。環さんがそれをみて「あらーっ、きーちゃんどうしちゃったの、初めてのお客さんに、珍しい」と言った。そのとき、自分がいま来るべき場所にちゃんと来られたんだという実感がふつふつとわいてきて、私はとてもしあわせだった。しばらくすると、窓から見える銀杏の大木の隣の土地で自給自足しながら丸太小屋を建てているという青年が「こんちはー」とやってきた。琢也さんという名前のその青年は、八須夫妻を慕ってこの土地にやってきたらしく、本が好きで、金山町のマルシェでよく本屋の出店《でみせ》を出しているらしかった。「実は私がここに来るきっかけになったひとも、南伊豆で自給自足してた」とYのことを話すと、急に三人とも興味津々になり「え、友達？　パートナー？」と聞くので「一瞬つきあってたひと」と言ったら、男の子たちが笑い飛ばしてくれた。「ここのこと、どこで知ったんだろうねえ」と環さんが興味深げに言った。

谷川俊太郎の「みみをすます」の載った詩集が本棚の奥から出てきたので、私がますます嬉しくなって「あとでみんなで朗読会しよう！」と言うと、琢也さんが顔じゅうニコニコになって「え〜、今日はそういう感じかあ！」と言った。

お風呂をわかす間、日が暮れるまえに琢也さんの建てかけの丸太小屋を見せてもらいにいった。いま暮らしているという掘っ立て小屋も、琢也さんは覗かせてくれた。「ソローみたい」と私は呟いた。琢也さんはもちろんソローを読んでいた。

夕飯に食べたものを、思い出せる限り書いておく。だいこん煮物、小松菜ピリ辛あんかけ、赤かぼちゃ、ぜんまいと豆腐とはるさめの煮物、きゅうりのぬか漬け、さっき採ったなめこの味噌汁、新米の玄米ご飯、ビール、日本酒。玄米は香ばしくてほくほくで、「木の実を食べてるみたい」と私は言った。三人は、三人でビール一缶で十分酔っぱらってしまうと言い、久しぶりに飲んだらしく「ビールってこんなにおいしかったっけ」と口々に言った。日本酒は私が挨拶代わりに持っていった小瓶の「湘南」。

夕飯が一段落してから、「みみをすます」を朗読した。環さんの好きな詩で、でも友磨さんは初めて聞いたらしい。「大崎さんの詩はないんですか」と言うから、「あるよ」と言って「地面」という詩を暗唱したら、「僕はこっちのほうが好き」と友磨さんが言ってくれた。それから友磨さんがユーコン川をカヌーで旅したときに書いたという「風」という詩を朗読してくれた。体感の深く宿った、すごくいい詩だった。谷川俊太郎の「朝のリレー」が教科書に載っていたのは環さんと私の世代までで、友磨さんと琢也さんは知らなかった。「生きる」を友磨さんが読んで、なななおさかきの「ラブレター」を琢也さんが読んだ。『プラテーロとわたし』をこの土地で読んだらめっちゃいいと思う！と私は薦め、彼らはメルカリで本を見つけてじゃんけんでどちらが買うか決めた。

だいぶ酔いがまわってきた頃に、琢也さんは私の目を見て「この一冊、ってありますか」と聞いた。私は勢いで「ある」と言ったくせに何と答えるかずいぶん迷って、けっきょく『モモ』を挙げた。台所で眠っていたとっておきの日本酒が開栓されて、夜一〇時頃まで私たちはずうっと喋っていた。環さんが「眠くないですか」と聞いてくれて、正直ぜんぜん眠くなかったけれど、おひらきにした。朝晩が冷えこんで、掘っ立て小屋は寒いので、琢也さんも居間に泊まった。

11月4日

集落を包みこんでいた朝の霧は、朝食の頃にはスーッと流れて消えていた。もう一匹の猫のサクリはハンターで、黒豹のように茂みに隠れて、昨日はねずみを獲り、けさはすずめを獲って、弄《もてあそ》ぶんじゃなくちゃんと殺して、私たちにどーだと見せにくると、内臓だけ残して全部食べてしまうのだった。「もう、かわいそう。このあたりの小鳥がいなくなっちゃうよ」と環さんは嘆いて、私は「とりにく、おいしいもんね。とり刺し、かあ」と言った。慰めになってない。

琢也さんは丸太小屋の建設に戻り、友磨さんは蜜蜂の世話をしに行き、私は集落の先の沼沢湖《ぬまざわ》まで車で行ってみることにした。以前リトアニアで見た湖のことが、なんとなく頭にあった。あのとき、書き続けることを異国の湖に誓ったように、これから生きる方針を沼沢湖に誓えるかもしれないと、淡く淡く期待していた。湖畔のキャンプ場の駐車場に車を停めて、すこし歩いた。清々しい景色だったけれど、思考はぜんぜん冴えなくて、何かを誓うなんてことは、とうていできそうになかった。いまからダムの放水で湖が増水します、湖にいる方は注意してください、とアナウンスが聞こえた。湖面を見ていたけれど、増水したのかどうかはよくわからなかった。

太郎布に戻って、さっき環さんがインスタグラムにあげていたみょうがの赤い花（数十年に一度しか咲かないとかで、見たひとにはいいことがあるらしい）を私も見たいとお願いして、その場所に連れていってもらった。いくつもの赤い花が、湿ったふかふかの枯れ葉のなかに咲いていた。雪の季節もいいですよ、電車で来たら私が迎えにいけます、と環さんは最後に言ってくれた。

会津若松までは、昭和村を通って帰った。途中の〈やまか食堂〉で、ソースカツ丼と味噌汁、九五〇円。朦朧としてくるほどまっすぐな、長い長い出来たてのトンネルを通った。トンネルは怖い、暗くて狭くて猛スピードのままどこかに車をぶつけそうだし、いつ終わるのか、自分がいまどのくらいまで通過したのか、感覚できないから。トンネルを抜けるたびに、恥ずかしげもない紅葉が目の前にどんどん現れて、うわあ、うわあと口からこぼしながら、私は車を走らせ続けた。

南伊豆へ

11月26日

午前中、自分の田んぼで育てたお米を分けてくれた近所の友達家族へのお礼に、全粒粉クッキーを焼いた。読んでいるのはスザンヌ・シマード著、三木直子訳『マザーツリー　森に隠された「知性」をめぐる冒険』。大学の授業はまだすこし残っているけれど、もう冬休みの気分が始まっている。珠洲の cafe cove は今年の営業を終え、太郎布は一面の雪景色。今年出かけたいろんな場所の冬の始まりを、ＳＮＳが教えてくれる。

三軒茶屋の書店〈トワイライライト〉からこの日記を本として刊行する話がまとまり、ここ数日、推敲に夢中になっている。なぜか詩や小説の推敲と違って、永遠に推敲していたくなる。この日記の世界に、永住していたくなる。

忘れたくないことも、忘れがたいことも、早く忘れたいことも、日記に書いてしまえば、安心して忘れられる。すべて忘れても何ひとつ忘れることなんてないことを、日記を書くことは慰めてくれる。「生きているという事自体が、その味わい嘗め尽くすべき瞬間と我に反る機会の総てに於いて、甘美たりうるし、残酷な程甘い物である。此岸を「彼方」として生きる明確な意志さえあれば、人生は「甘美」な奇蹟で満ち溢れる」(福田和也著『甘美な人生』ちくま学芸文庫)。我に反る機会の甘美さ。本棚で長く眠っていたこの本を、このひと月ほど、占い本のように折々にひらいていた。

よく映画に「この作品は実話を基にしたフィクションです」という但し書きがあるけれど、日記という形式にはつねに暗黙の内にこの但し書きが含まれていると思う。それは「男もすなる日記といふものを、女もしてみむとてするなり」の昔から暗にも明にもそうだし、日記じゃなくても写実的なパイプの絵の下に「これはパイプではない」と書かれたルネ・マグリットの「イメージの裏切り」や、小野絵里華の詩集『エリカについて』(私は愛をこめてこの詩集を「これは絵里華ではない」という別名で呼んでいるのだけれど)のことを考えてみてもそうだ。

この日記に登場する人物の表記は、基本的にすべて仮名だったり偽名だったりするけれど、それらの名前が名指している人はもはや、言葉の中にしかいない。彼ら「猫さん」や「だいくん」や「Y」は、「基にした」ひとびとのいまこの瞬間の暮らしとはまったく関係のない者であることで、私の記憶の中に、言葉の中に、読者の中に、安住している。それは一見「思い出」と呼ばれるものと同じ姿をしていても、言葉になり読者のものになった瞬間、良いも悪いもなくどこまでもフィクションになってゆく。これは、この日記を本にすることで誰をどのように傷つけることになるか、とりあえず二百回くらい考えた末の、現時点の結論（名前を出して活動している人の名前はそのままにしてある。活動名というものは、やはりある種のファンタジーでありフィクションだと思うから）。なんかあとがきみたいになってしまった。

12月1日

午前一〇時から、N先生K先生と来年度の授業についてオンライン会議（小一時間）。さいはての朗読劇チームのグループラインが立ち上がり、忘年会の話が動きだす。

昼、生米から作るレシピで、トマトリゾット。

午後一時、山口のまりちゃんと電話茶（一時間半）。私の引越し計画についてと、まりちゃん夫婦が急きょ家を買うことになった話など。

夕飯、トマトリゾット、干し柚子をのせた冷やっこ、キムチの残り、白ワイン。

夜一〇時、サイカイちゃんから連絡あり、電話お悩み相談室（一時間）開室となる。

一日二セットも長電話してしまった。高校生か。

12月3日

雲のない快晴。熱海駅で観光列車に乗りかえた。きらきら光る海に伊豆諸島が浮かんで、景色がまるごと青かった。九時五七分、伊豆急下田駅着。ホームに出ると桃色の人魚みたいな格好をしたかのちゃんの姿が見えて、一〇時半に待ち合わせたのに、私たちは同じ電車で着いたのだった。

先月作った度入りのサングラスをかけて、駅前で借りた車を運転して、南伊豆へ向かった。道の駅で私は梅干しを買い、はちみつがけのソフトクリームをふたりで食べた。移住者のまりこさんが下賀茂に来月ひらく予定の本屋さんに英訳詩集を納品して、そこから歩いてすぐのレストランでカレーやパスタやフォカッチャやサラダのランチを食べた。レストランは西伊豆の松崎町の海辺から移転してきたらしく、能登半島から来たかのちゃんは、この季節に半島の海に吹く強風の話でレストランの方と盛り上がった。

くぼやまさん夫妻に会いに行く道の途中で、すこし迷った。私が車を降りて道探しをしながら電話をかけている姿が、二三歳くらいに見えたと、後になってかのちゃんが言った。欄干のない小さな橋を渡って、細い竹の林が左右に鬱蒼と茂る山道を抜けてゆくあいだ、かのちゃんはその道の険しさにずっとびっくりしていた。薫さんが笑いながら出迎えてくれて、私たちは離れのお茶室で薫さんのお点前《てまえ》の薄茶と、きれいに彩られて秋の風物が型抜きされた京都の干菓子と、金平糖をいただいた。茶室の陰影に、炉の中で炭が赤く燃え、茶釜には清流からきたお湯が沸いて、私たちがいくら話しても笑っても、そこは静かな場所だった。

母屋に戻って、くず餅とコーヒーとビスケットでお茶会の続きをして話しこんでいるうちに、辺りはすっかり夕暮れてきた。今度オーストラリアのグループ展にもっていくというくぼやまさんの絵を、薫さんが出してきて見せてくれた。土や水や木の根や石や波の間にどこまでも分け入って棲みついていくような、微細な微細な生きものの明るい世界。もう何十年という時間をここで過ごしているくぼやまさんに、かつて南伊豆に暮らした詩人のななおさかきに会ったことがあるか訊くと、長い話を講談のように繰り返すおじいちゃんとして記憶されていて、可笑しかった。でも「朗読がいいんだよね」とくぼやまさんは言い、山尾三省にも会ったと言った。

くぼやまさんも薫さんも優しくて、かのちゃんがふたりと出会えたことに感動していて、私はしみじみと嬉しかった。紙袋に里芋を分けてもらって、また来ます！と手を振った。

下賀茂の隠れ家みたいな日帰り温泉に寄って、それから今度は西へ向かった。

道がどんどん暗くなった。小さな湾のそばに車を停めると、暖かい灯が窓からこぼれて、それがYの暮らす場所だった。広い土間の真ん中に置かれたテーブルにごちそうの仕度が整って、鉄製の薪ストーブで薪がぴかぴか燃えていた。

「きょうが初稼働みたいなもん」とYが言い、「ふたりを待ってた」と千景さんが言った。

Yが千景さんとふたりで準備してくれたごはん、香菜を散らした豆乳鍋や明日葉の胡麻和えや金時草の酢味噌和えや野菜の漬けものを囲んで、私たちはどぶろくで乾杯した。私が会津のお土産にもってきた「山の井」があいて、鍋のしめには紅白のお餅が入り、かのちゃんの手土産のクッキーが開封され、クロモジのお茶がいれられ、最後には冷蔵庫から生ワインが出てきた。

一〇日ほど前、かのちゃんとふたりで南伊豆に行くことをYに伝えた。「どんなお友達?」と彼が訊いたから、私は「能登の天使」と答えた。天使は半島の友どうしを引き合わせるという口実を私に授け、ほんとうに能登半島から伊豆半島へ渡ってきて、あれよあれよというまに私とYを再会させてしまった。そうと決まる前には、私は自分の心の整理をするためだけに、ひとりでここへ来るつもりだった。西林寺で石垣りんの墓に手だけあわせて、その日のうちに帰るつもりだった。

天衣無縫なかのちゃんの物言いをYが喜んでたくさん笑って、かのちゃんが元気よくさまざまなことをYに質問して、Yはそのひとつひとつにゆっくり答えた。みんながお腹いっぱいになると、千景さんはおやすみを言って別の家に帰り、質問はどんどん核心に迫っていった。私はそのやりとりを追いかけるように、かのちゃんが隣にいなければきっと永遠に話さなかったこと、心のいちばん暗いところに置いてあったことを、ぽろぽろと喋ってしまった。Yも、素直に言葉になった。

せっかく出会って、ひかれあったから、私たちが私たちを大切にしたいと思ったこと。どんなかたちでも、これからも愛せたらいいと思ったこと。彼と私がいま、それぞれ別のやり方で、さびしさを学ぼうとしていること。ほんとうならふたりでしなくてはならないような、けれどもふたりではけっしてすることのできなかった会話を、私たちは三人でしていた。

Yもかのちゃんも、都心に近い場所で育って、都心で働くことは選ばずに、悩んで迷って自分の場所を切り拓いて生きてきたひとだった。このふたりに出会ったことが私にどんなに大きな影響を与えているか、とても説明できなかった。説明できなくてもだいじょうぶだった。薫さんやくぼやまさんや石垣りんのゆかりの地に、Yは私を結んでくれた。珠洲で、坪野さんやサイカイちゃんや楓くんに、かのちゃんが私を結んでくれたように。「友達」という言葉はべんりすぎる。「ふたりは重鎮なんだよ」と泣きそうになりながら私は言った。へんな言い回しだなあと思ったけれど、構わなかった。「入れ替わってもおかしくないね」とふたりのどちらかが言って、私たちは笑った。

12月4日

朝、テーブルの上の大きなガラス瓶にいれてあった水仙をひと茎ぬすんで、ひとりで西林寺へ行った。石垣りんの墓と詩碑は、急な階段を上った先のいちばん奥、小さな船がいくつも停泊している湾の埠頭がよく見える場所にあった。

海よ言うてはなりませぬ
空もだまつていますゆえ
あなたが誰で私が何か
誰もまことは知りませぬ

「契」という詩。詩碑の前に水仙を供えた。詩碑は、なめらかな、きまじめな、優しい教師のかく字のような、りんの直筆の字で彫ってあった。声には出さずに名前を呼んだ。りん。りん。りん。さびしくて、うれしくて、すこしだけ涙が出た。浜におりて、小さな気持ちを拾い集めるみたいに、海拾いした。

昨日の鍋の残りを温めて軽い朝食にして、かのちゃんは浜辺で散歩と読書をし、Yは遅く起きてきた。私がふたりを詩碑まで案内したあと、Yが予約してくれていた〈ティーサロン Kibi〉に行って、紅玉のケーキと紅茶をいただいた。〈子浦五十鈴川美術館《こうらいすずがわ》〉を千景さんがあけてくれて、私たちは画家の矢谷長治の絵を見た。千景さんの夫であり、師匠であるそのひとの写生の絵は、田や月や家並みが描かれていても闇夜みたいにまっ暗で、無に近づくようで、すこし怖かった。「空気の、密度が、濃い」と、おそるおそる感想を述べると、千景さんはうん、と深く頷いた。

十二月の日はみじかくて、午後一時を過ぎるともう夕方の気配が漂っていた。かのちゃんと日和山《ひよりやま》の遊歩道を歩いて、展望所から緑の起伏に囲まれた海を見て、宿に戻った。待っていたYが「おかえり」と言って、私たちは「ただいま」と言った。

それから車の後部座席に荷物を積んだ。かのちゃんがYに握手の手を差し出し、Yと私も「じゃあ」と握手した。運転席に座って窓をすこし開け、「またね」と言ってエンジンをかけた。フロントミラーにYの姿が映って、もう一度見ると消えていた。集落の細い生活路をゆっくり抜けて、車は伊豆急下田駅までの道を走った。Yの軽トラで何度も送ってもらった道を、かのちゃんを隣に乗せて。

あとがき

　午後、初日の入りでも見るかと思って散歩に出た。海辺で、少し離れたところから「震度六だって」という若者の声が聞こえて、とくに気にも留めずに帰ってきてSNSを見たら、珠洲が大変なことになっていた。こういうとき、あまりむやみに安否確認の連絡をしないほうがいいと分かっていたけれど、どうしてもかのちゃんにだけは連絡せずにいられなかった。小学校に避難して無事との連絡をもらって、ほーっと息をついた。
　だめだ、まず自分が落ち着くべきだと思って、お雑煮とほうれん草の酢味噌和えを作って食べた。いろんなところから、新年の挨拶もすっとばしてお互いを気遣う連絡が飛んできて、ありがたかった。ぺろを揉みながらその連絡をやりとりしているうちに、ゆっくり気持ちが静まってきた。だけど避難しているひとたちは、静まるどころではないと思う。

　今年の元日にこんな日記を書いた。「さいはての朗読劇」戯曲作りのために私が初めて珠洲を訪れたのは二〇二二年の七月で、それから公演や取材のために、何度も何度も珠洲を訪ねた。あの日起きた能登半島地震の被災の状況は、遠方にいる私の目にも明らかなほど日々膨らんで、私はおろおろしながら、被災地にいる友人知人のSNSを見てあべこべに勇気をもらったり、わずかばかりのお金を募金したりして過ごした。一一月二六日の日記に引用した福田和也の言葉が、改めて重く重く響いてきた。一週間が過ぎる頃には、むしろ生きることの醍醐味を味わうのは、その重力と恩寵を味わうのは、ここからが本番なのかもしれないという気持ちになっていた。

昨年、日記という形式の沼にずぶずぶと深くはまりこんだ。そのきっかけのひとつは、日記屋 月日主催ワークショップ「日記をつける三ヶ月」のファシリテーターを務めたことだった。機会をくださった日記屋 月日とスタッフの方々、ワークショップ参加者の皆さんに、とても大きく感謝している。七月一日から九月二〇日までの日記は、ワークショップ参加者の皆さんと互いの日記を読みあいながら綴ったものを加筆修正した。

ごく私的な本だけれど、トワイライトの熊谷充紘さんがともに作ることを喜んで引き受けてくださり、安心して形にすることができた。年明け、熊谷さんからのメールに「この本をいい形で出版することが、今できる一つのことだと思っています」とあり、その言葉にも助けられた。この本のために淡く溶けてしまいそうに繊細な装画と挿絵を描きおろしてくださったnakabanさん、デザインを手がけてくださった横山雄さん、そして熊谷さん、ほんとうにありがとうございました。

きっと今年もまた私は、懲りずに自分で車を運転して、あっちやこっちへ出かけるだろう。まだ行ったことのない場所にも、早くまた帰りたいと思う場所にも。出会ったり、別れたり、日記を書いたり、手紙を書いたり、また会えたり、会えなかったりしながら、あまりにも甘美な日々を、大好きなひとたちの顔をひとつひとつ思い浮かべて、運転してゆくことになるのだろう。

二〇二四年一月　春よ早く来い

大崎清夏

初出

6月19日＝ウェブメディア「me and you little magazine」同じ日の日記

大崎清夏（おおさき・さやか）

1982年神奈川県生まれ。2011年「ユリイカの新人」に選ばれ、2014年、詩集『指差すことができない』で第19回中原中也賞受賞。『踊る自由』で第29回萩原朔太郎賞最終候補。そのほか、著書に『目をあけてごらん、離陸するから』（リトルモア）、『新しい住みか』（青土社）、『地面』（アナグマ社）などがある。2022年、奥能登国際芸術祭の一環として脚本を手がけた朗読劇「珠洲の夜の夢」がスズ・シアター・ミュージアムにて上演され、翌23年には同じく「うつつ・ふる・すず」の脚本も手がけた。音楽家や美術家など、他ジャンルのアーティストとのコラボレーションも多く、絵本の文や楽曲歌詞、ギャラリー等での詩の展示など、さまざまなかたちで活動を行う。2019年、第50回ロッテルダム国際詩祭招聘。知らない町を歩くことと、山小屋に泊まる登山が好き。

私運転日記
大崎清夏

2024年3月11日　初版第1刷発行

発行人　ignition gallery
発行所　twililight
〒154-0004
東京都世田谷区太子堂4-28-10 鈴木ビル3F
☎ 090-3455-9553
https://twililight.com

装画・挿絵　nakaban
デザイン　横山雄
印刷・製本　モリモト印刷株式会社

ISBN978-4-9912851-6-5　C0095　ign-021